JN148288

北条時頼公北へ

―津軽往還の記―

宮藤 等
Kudo Hitoshi

風詠社

まえがき

嘉禄三年（一二二七）五月、京都の六波羅探題の北条家に男児が生まれた。

幼名は戒寿丸、元服により五郎時頼、後の鎌倉幕府第五代執権北条時頼公だ。

父は後に鎌倉幕府第四代執権となる時氏、母は賢母で知られる松下禅尼である。

時頼は父の鎌倉下向に伴い、四歳にして東国での生活が始まる。

ところが、父、兄の相次ぐ早世により、時頼は幕府の名執権と仰がれた祖父北条泰時に人生の規矩を学んで成長する。

祖父からは質実剛健を、母からは質素倹約の精神を学び人格の陶冶に努めた。これが情に篤く不善を許さぬという時頼の政治信条の基となってゆく。


寛元四年（一二四六）、時頼は二十歳で図らずも執権の座に就くことになった。そこに待っていたのは、将軍家を推す御家人衆や京都の勢力との間で微妙な均衡に心血を注がねばならぬという政治の展開だ。同時にまた、北条家の得宗領と領民の生活の安定も双肩にかかるという重責を担うことになった。

まず時頼を悩ませたのは寛元の変や宝治の合戦など、志を異にする勢力との抗争だ。

それは幕府の体制を揺るがし、時頼の判断を迷わせて苦境に追い込む。そのような時頼を支えたのが仏教の教え、禅宗の高僧たちの教えだ。

「仏法は実生活を離れた所にあるのではない」との教えは時頼の生涯の哲理(てつり)となった。

時頼は建長(けんちょう)元年（一二四九）、寺地を鎌倉の地獄谷(じごくだに)に卜(ぼく)し、寺院の建立を思い立つ。寺号は時の年号に因(ちな)んで建長寺(けんちょうじ)と定め、五年の歳月を経て落慶(らっけい)を祝った。

「寺号、ただありのままに、易(やす)く付けたるなり」とは徒然草における兼好法師の評。寺院の名前を決めるのに何らの作為もないことを褒(ほ)め、勿体(もったい)ぶらない時頼を賞賛したものだ。苦心の末幕府の安定を取り戻した安堵も束の間、不慮の大難が迫り来る。

天変地異による大災害と赤班瘡(あかもがさ)（疱瘡(ほうそう)）などの疫病がわが国を襲ったのだ。造化の怒り、疫病神の災厄から逃れるべく、年号を建長(けんちょう)から康元(こうげん)に変えたが世の乱れは一向に収まらず、終には自分の幼女の死に加えて、自らも罹患という最悪の事態に陥り、死を覚悟するも、奇跡的に復活を遂げる。ここに、無常を痛感した時頼は出家入道(しゅっけにゅうどう)を決意する。

己の心に溜まった積年の垢(あか)を流し去り、精神の贅肉(ぜいにく)を削(そ)ぎ落とす修行。その一環として自らに課したのは生死を賭(と)して国々を訪(おとな)う廻国行脚(かいこくあんぎゃ)だ。

地方の民情や政情を確かめ、是(ぜ)を勧(すす)め非(ひ)を戒(いまし)めようとの生来(せいらい)の思い止(や)まず。法名を最明寺道崇(さいみょうじどうすう)と改め、従者二階堂行一を伴い北の果て津軽を目指して出立(しゅったつ)する。

ここでは津軽往還の旅を通じて時頼の人生観、世界観に迫りたい。

目次

北条時頼公 北へ

—津軽往還の記—

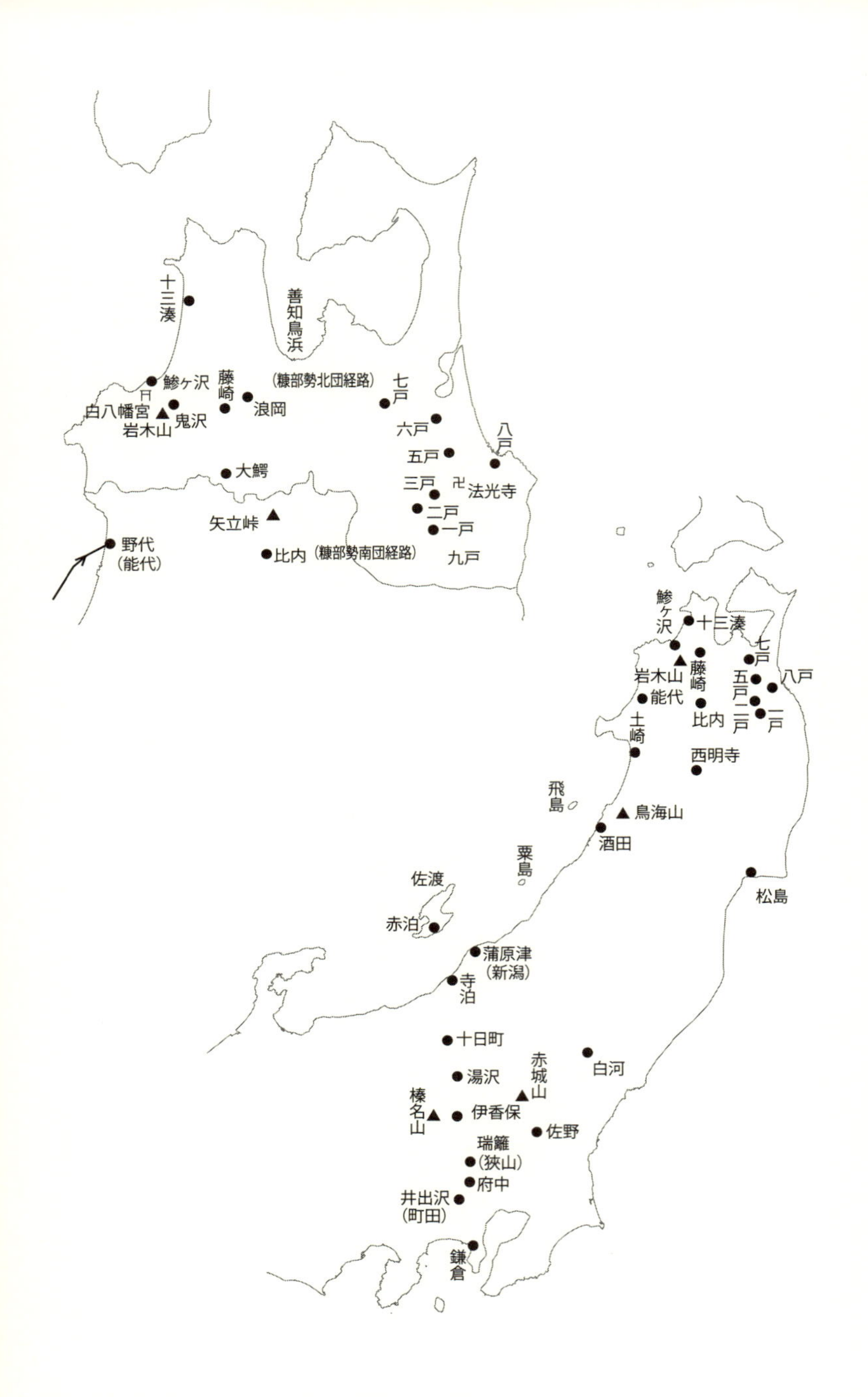

十三湊
善知鳥浜
鰺ヶ沢
藤崎
（糠部勢北団経路）
七戸
白八幡宮
鬼沢
浪岡
岩木山
六戸
八戸
五戸
大鰐
三戸
法光寺
二戸
矢立峠
一戸
野代
（能代）
比内
（糠部勢南団経路）
九戸
鰺ヶ沢
十三湊
七戸
岩木山
藤崎
五戸
八戸
能代
二戸
比内
三戸
一戸
土崎
西明寺
飛島
鳥海山
酒田
粟島
佐渡
松島
赤泊
蒲原津
（新潟）
寺泊
十日町
赤城山
白河
湯沢
榛名山
伊香保
佐野
瑞籬
（狭山）
府中
井出沢
（町田）
鎌倉

《主な登場人物》（登場順）

一　春暁出立

北条時頼　主人公。鎌倉幕府五代執権。三十歳で出家、最明寺道崇と名乗り諸国を巡る。
二階堂信濃入道行忠（法名・行一）　時頼の従者として廻国を共にする禅宗の僧侶。
幼女　時頼の娘。赤斑瘡（疱瘡）にかかり三歳で亡くなる。
妻室　時頼の正室。北条重時の娘。時宗・宗政・幼女の母君。
若宮僧正、清尊僧都　時頼の正室の安産を願い、加持祈祷を執り行った僧侶たち。
松下の禅尼　時頼の母。熱心な養育により時頼の人となりの形成に尽くす。
蘭渓道隆　時頼の仏道の師。広く禅宗をひろめ、多くの弟子を育てる。鎌倉建長寺住持。
北条長時　時頼より執権職を禅譲され、六代執権となる。時頼の嫡男の目代（もくだい）（代理）。
北条時宗　時頼の嫡男。時頼出家時は六歳。幼少のため長時が代理として執権を務める。
北条泰時　時頼の祖父。三代執権。政治のあり方を指南し、時頼は政治の師と仰ぐ。
北条時氏　時頼の父。四代執権。病気のために早世。
北条経時　時頼の兄。本来、嫡男として五代執権職を継ぐはずだが病気のために早世。
円爾弁円、無住道暁（無住法師）　禅宗の高僧と弟子。無住は沙石集・雑談集の著者。

二　唐糸騒動

唐糸御前　時頼の側室の一人。津軽出身。眉目、才覚ともに優れた慎ましやかな女性。
千歳御前、漣御前、桂木御前　唐糸を目の敵にし、他の側室ともども悪態を繰り返す。
九条頼経（藤原頼経）　源氏将軍とは遠縁にあたり、時頼と覇権を争う。
葦原右衛門尉　時頼の留守居役。人望ゆえにその役に任じられたが、役儀を全うできず。
大村圭二　越後の湯沢あたりを治める地頭。家来が唐糸追放の真偽確認に奔走する。
坂本修武、根上顕次　大村の家来。馬で鎌倉へ向かい、唐糸放逐の実態を探る。
大村勝敏、飛島剛士　右同様。更に金澤浜まで足を延ばして唐糸処遇の真偽に迫る。
笹谷徳助　越後の中条に住む寡黙な男。時頼主従を洪水の濁流の中から救い出す。
森雄岳師、森雄峯師　越後、稲倉谷の禅宗寺院宝蔵寺の住持。雄峯師は父。
清藤秀盛　問注所の御内人。唐糸を警固し津軽へ下る。後、津軽で唐糸の菩提を弔う。
若江幾三郎鉄素　鎌倉幕府侍所の執事（長官）。執権長時の名代として返書を持参。
鈴木徹睦、小野晃康　執事若江幾三郎に随行する幕府の武人。
福田博　鎌倉幕府侍所の別当。幕府の重鎮として執権をはじめ重役からの信望が篤い。
工藤剛藤石　武蔵国の御家人。津軽を目指す唐糸御前の警固に陰ながら万全を尽くす。
安西大輔　工藤の命に従い、家来と共に武蔵国内における不穏の輩の出現に目を光らす。
奈良桂吾　下総国の地頭。侍所の沙汰により、利根川から下野方面まで唐糸を警固。

緒方稜威雄　葦原に代わる新留守居役。幕府の各部署に精通し温厚篤実な人物。
飯塚利政　上州の被官。かつての上司若江ら一行を越後の湯沢まで先導する。

三　北海渡海

千島勁　佐渡、赤泊生まれの船頭。北海（日本海）交易の先駆けとなって活躍。
林崎辰三郎　船頭の千島に腕を買われ、楫子（操舵手）として乗り組む練達の水手。

四　鎮守再興

三人の土地の男　堂宇退廃の訳を聞くための呼びつけに応じて集まって来た村人。
不埒の輩　人々を唆して地域を牛耳るが、実の伴わない自己顕示に終始する。
年嵩の男と村人たち　時頼の魅力に惹かれ、得宗領の被官たちと堂宇の再建をはかる。
松宮俊洋種作　北条家得宗領の御内人。津軽の鼻和郡、西浜一帯を取り締まる武人。
田浦徹升、尾崎暁央、甲嶋竜一　松宮俊洋の家来として活躍する若武者たち。
滝淵元也　宮大工の棟梁。木の目利き、伐採、乾燥、製材ともに完璧を期す名匠。

五　唐糸宿運

鬼沢の杣人　岩木山麓で杣の生活をし、質素ながら不足を言わず暮らす人々。

藤崎の宿の主　時頼主従とは知らず旅僧を泊めるが、未明の騒ぎへの過度の反応に驚く。
吉澤直博　津軽得宗領の筆頭御内人。時頼の意を体し唐糸の葬儀全般を担う。直実は父。
久保庄司　吉澤のもとで活躍する武人。大勢の人を動かし葬儀の準備に当たる。
糠部勢第一団（南回り）　音喜多雄・悟父子・従弟関下琢磨、田髙寛蔵・寛貴父子、大瀧清司、杉本健一・健太郎父子、東山宏、小柴一弘、小寺隆韶・坂下十三生・小笠原三郎・小滝拓平・中村直臣
糠部勢第二団（北回り）　向谷地又三郎、立崎庸夫、四戸農夫也・伸和兄弟、安土信、木村巧・環父子、鈴木昌・千葉国美津兄弟、根城春生、花田正司
齋藤実、奈良輝昭　得宗被官。善知鳥の浜に待機し、糠部勢北団を浪岡、藤崎へ先導。
冨田名重師、冨田博泰師　藤崎の護国寺の住持蘭渓道隆のもとで寺院の興隆に尽くす。

六　旅中追悼

成田茂克と家来たち　津軽田舎郡の被官。時頼主従の疲労を心配し、休養を申し出る。
名越光時、三浦泰村・光村兄弟、千葉秀胤、九条（藤原）頼経ら　迎え火に浮かぶ今は亡き宿敵たち。

七　往還回顧

佐野源左衛門尉常世　貧窮の中で主君時頼主従とは知らず温かく宿を提供した古武士。
長谷川淳穂　源左衛門の生き方を学ぶべく時頼によって派遣された若武者の頭。
工藤祐介、工藤良彦、工藤祐太　派遣団のうちの工藤一族の若武者ども。
小柴嵩之、小柴康年　同右。小柴兄弟。
篠崎起克、池田裕一郎　武蔵国の地頭と地頭代。伯父甥の関係。侍所の命により佐野へ向かう若武者一行の道中を陰ながら援護する。
皆上秀樹　下総の御内人。得宗の重鎮として若武者たちの警固の万全を腹心に託す。
長濱幸三久一　下総の被官。皆上の腹心。利根川渡河など一行の無事通過を支える。
川岸の男たち　利根川流域に住む男たち。溺死者を川向こうへ運び、弔いを逃れようとするが若武者らに見咎められる。

一　春暁出立(しゅんぎょうしゅったつ)

（一）赤斑瘡猛威(あかもがさもうい)

時頼が執権職に就いて十年、建長(けんちょう)八年（一二五六）の八月には鎌倉地方に大風(おおかぜ)や大雨の甚大な被害が出て、谷戸(やと)のあちらこちらでは山崩れや崖崩れで多数の死者を出すなど大混乱が続いた。

その後片付けも終わらぬうちに、九月には鎌倉地方一帯に「赤斑瘡(あかもがさ)」（天然痘(てんねんとう)）が流行(はや)って猛威をふるった。

この病は疱瘡(ほうそう)とも言われ、高熱、頭痛、腰痛が続いて次々に人にうつる厄介な病だ。それに罹(かか)ると半分は命を落とし、運良く治っても醜い痘痕(あばた)をのこした。

遠い奈良の昔、聖武天皇(しょうむてんのう)が奈良の大仏を造営したが、それもこの病から逃れるためというのが一つの理由だった。

はるかに時代が下った今も、人々は疱瘡神(ほうそうがみ)の祟(たた)りを恐れ、各地では疱瘡除けの祈祷(きとう)や呪(まじな)いが頻繁に行われた。

この悪神は犬や猿を嫌い、赤色も嫌うということで、人々はそれらの張子(はりこ)などを身につけるなどして、災厄から逃れようと必死だ。

京都では後深草天皇、亀山天皇の弟にあたる雅尊親王や前将軍藤原頼嗣らがこれに罹って亡くなった。

鎌倉では将軍宗尊親王や問注所執事の太田康連（三浦康連）もこれに罹り、特に太田は職を辞して療養に励んだものの、間もなく亡くなるなどその猛威は鎮まることがない。

九月の十五日にはついに時頼もこれに罹った。不憫なことに三歳になったその幼女までもが感染するに及び、時頼自身も死を覚悟せざるを得ない状況に陥った。

翌十六日になって陰陽師が言うには、

「時頼公は陰陽道で慎むべきとされる御衰日であったにもかかわらず幕府に出仕したため病気に罹ったもので、そのような日にはもっと身を慎むべきだ」と諫めたという。

大災害をもたらした天変地異に加え、疫病蔓延という心痛は執権時頼自身の回復を大幅に遅らせはしたが、懸命な祈祷や持ち前の気力などによりなんとか病状を持ち直した。

九月二十五日頃にはほぼ病が癒えたので、初めて手足を洗い、二十九日には沐浴するまでに回復した。

ところが、生来の強い責任感ゆえに病後の無理が祟り、十一月三日には新たに赤痢に罹ってしまった。

世の中の不幸、災いを転ずるために年号を変えることがある。その折も、それに先立つ十月五日には疫病の退散を願って年号を建長から康元と改めたのだが、それも虚しいことであった。

建長六年（一二五四）十月六日生まれの幼女の病気平癒を願うため、陰陽道の祭祀などを繰り返し行ったがその甲斐もなく、幼女は康元元年（一二五六）十月十三日に亡くなった。享年三であった。

時頼は娘の出生から死に至るあまりにも短いその生涯について、それをどう受け止めてよいものやら、為す術もなく悲嘆に暮れるばかりだ。

思い返せば、

「我が妻室が娘を無事に出産したのは建長六年の十月六日の早朝のことだった。

ちょうど夜が明けたばかりの寅の刻で、その日は良く晴れ渡った日であった。

加持は若宮僧正（隆弁）、験者は清尊僧都が勤めてくれた。

我が母松下の禅尼も無事の出産を祝って駆けつけてくれたものだった」

この幼女の死という冷厳な事実は一人の親として、また一人の人間として時頼を悲嘆のどん底に突き落とし、その生き方を変えるまでに大きな影響を与えた。

康元元年というこの年は、あたかも清盛の平家勢力が滅亡に向かった頃のような混乱を呈し、それは治承四年（一一八〇）の京都市中の乱れを描いた方丈記の記述にも似ていた。

戦乱に翻弄される高倉帝や安徳の幼帝のこと、源氏と平氏が熾烈な戦を展開した治承・寿永の乱などの様相もかくやと思われた。

その治承の乱れは戦乱と天災がうち重なったものだったが、この康元の場合は天災と疫病の蔓延だ。

その衝撃は若い執権時頼に重くのしかかり、心身の衰弱とともに、生きる術を見失うかのような不安に苛まれた。

これまで自らは熱心に禅の修行に励んでいるつもりだったが、この期に及んで、それが大きく揺らいでいることに気付いた時頼は、病が癒えて少し気分がさわやぐようになったのを機に、禅の師と仰ぐ蘭渓道隆のもとを訪ねた。

「私は、師のお教えに従って禅の修行に励んできたつもりです。
しかるに、今の自分は世の乱れ、我が身の災厄に狼狽えるばかりです。
お教えを体現する境地などには遥かに及ばぬ体たらくです。
うち続く天災、疫病の蔓延などで心が大きく揺らぎます。
あらためて心の持ちようを叱咤していただきとうございます」
と申し出た。

師は静かに語り始めた。

「今ここに天災という災厄に苦しむ民と己がある。
天災は人事の及ばぬ冷厳なる事実、備えも対峙も至難のことだ。
その中で人は必死に生きようともがく。
災厄を前にした心に諦念や達観の入り込む余地はない。
仏法は実の生活を離れた所にあるのではない。
生活の苦悩をどう受け止め、次にどう繋げるかだ。
辛苦も受け止め方次第で辛苦ではなくなる。
それは仏道の修行によって到達する境地だ。
修行がその人の分別や則の質を変えるのだ」
師は整った息づかいで、あたかも無意識のままに発するように言葉をつづける。
「人は雨が降ると顔をしかめる。
それは瞬時にではあれ、日照りの辛さを忘れているからだ。
人は安直に人を批判する。
それは執心により己を見失っているからだ。
刹那々々の思いに馭せられている姿だ。
人は世渡りの都合だけで善し悪しを決めたがる。
それは我執ゆえの妄動と言えなくもない。

それは真心を眠らせたまま生きている姿なのだ。

そこには真の意味での生きる喜びはない。

あるのは尽きることのない不満を託つ生きざまだけだ。

政を担う者の務めは民の不足を補うことだ。

不足をもたらす基を糺し改めることだ。

改まらぬことを唱え続けても改まらぬのだ」


　淡々と発せられる師の言葉は時頼の心に沁み込んでいく。同時に、自らのこれまでの修行がいかに形骸に堕していたものであったかを悟らずにはいられなかった。


　ここに、時頼は仏門に入る決意を固めた。

　十年という自らの執権職を振り返ったとき、そこには間違いなく鎌倉時代の執権としての草創期を受け継ぎ、定着期へ向かうという確かな手応えがあった。互いの信義をぶつけ合った政敵との不本意な闘争もあった。

　しかしそれは信義の上で護らねばならぬ我が北条家の境界でもあった。何とかそれをも終息に導き、幕府の体制も整えることができた。

　この期に及んでは、執権職を次へ譲り、自らは出家の身となって諸国を廻ろうとの決意に至った。

康元元年十一月二十二日に執権職を一族の北条長時公に譲り、併せて当時六歳であった時頼の家督時宗の眼代（代理）として任じた。

時頼は翌二十三日に鎌倉山ノ内の最明寺に入って出家し、法号を覚了坊道崇と名乗った。これが最明寺入道と呼ばれる所以だ。時に時頼三十歳。戒師は言うまでもなく自らが師と仰ぐ建長寺開山の蘭渓道隆であった。

最明寺とは時頼が山ノ内に別邸を構えていた傍らに、本人が開基となって建立した臨済宗寺院のことだ。

時頼は隠者としての境地を春流という五言絶句に認めた。

春流高似岸　春流岸よりも高く
細草碧於苔　細草は苔よりも碧なり
小院無人至　小院に人の至る無く
風來門自開　風來たりて門自ずから開く

人里離れた最明寺の素朴な庵で長閑（のどか）な春の訪れを喜び、悠然と過ごす奥深い境地を詠んだものだ。

そこには我執（がしゅう）を削（そ）ぎ落として禅の道に邁進しようという静かなる決意を読み取ることができる。

（二）廻国決意

執権時頼は政策の実現に緩みが出ることをかねがね不満に思っていた。それは政治の仕組みそのものに問題があるというよりは、政策の運用に問題があるのだ。伝達の仕方や報告の仕方も恣意的（しいてき）で一貫性に欠ける。特に地方には政策が伝わりにくいということを問題にしているのだ。

「幕府の政治は、祖父泰時（やすとき）殿による新たな式目（しきもく）なども定まり、体制はほぼ整ったかの観がある。

しかるに、儂の目にはその確たる成果が見えてこない。

民の喜びが聞こえてこないのは何故じゃ。

あたかも、堰（せき）を流れる水があちらこちらで漏れ出て、最後の田畑まで水が届かぬような有様のようにも思える。

政策の実行に瑕疵(かし)があるということではないのか。

運用の仕方に魂が入っていないということだ。

政策に関わる者たちの思惑や勝手な解釈が事実を曖昧に暈(ぼ)かしてしまうことがあってはならぬ。

武家のみならず民の間でもそうだが、不都合の根本を正さず丸く収めることをもって賞賛する気風がある。

しかもそれを下世話(げせわ)では『懐(ふところ)が深い』などと嘯(うそぶ)いて尊ぶ者すらもいる。

組織が大きくなればなるほど、権力に近づけば近づくほどそれが顕著になる。

正に『政は人なり』だ。

喫緊の課題は政(まつりごと)と民の生活との間にあって齟齬(そご)を来している事柄を糺(ただ)すべきことにある」

この時の時頼の決心の程を吾妻鏡(あづまかがみ)は次のように記している。

「政道正しと謂へども遠郷の訟(しょう)(訴訟)未だ達せず。

窮民の愁ひ散ぜざること甚だし。

我、天下の静謐(せいひつ)を試みんと覚了坊道崇(かくりょうぼうどうすう)と改名す。

以て、剃髪染衣(ていはつぜんえ)の姿にて諸国を廻(めぐ)らんとす」

出家入道を決意した時頼は、得宗家を継ぐはずの惣領の時宗（ときむね）が幼少だったため、その間、赤橋家（分家）の出身である時頼の義兄北条長時（ほうじょうながとき）公に執権職を譲った。自らは質素と勤勉を旨とする祖父泰時公の遺訓に沿うべく、遊僧に扮（ふん）して各地を巡遊し、地方の民や御家人たちの訴えに直（じか）に耳を傾けて地方の官人（つかさびと）の非違（ひい）を改めようとした。

最初に選んだのは、北国にある北条得宗領（北条家の家督となった者が世襲した所領）を廻（めぐ）る旅がそれだ。

お忍びで諸国を廻り、不当に困窮している人々を救ったり、新たに寺社を建立したりしながら民生の安寧（あんねい）に努めることが目的だ。

その廻国への出立（しゅったつ）は春の到来を待って決行することとし、その間は更なる仏道修行と出立の準備とに費やした。それは心身共に禅僧としての気（き）を充実させるのには願ってもない期間となった。

新しい年の初め、正月三日の夜に時頼は金色に輝く仏像の夢をみた。

さっそく卜者（ぼくしゃ）を召してその意味するところを問うたところ、

「時頼公の隣宇（りんう）（隣のお堂）に釈迦如来の霊像がおわします。勧請（かんじょう）して崇（あが）め奉れば求むる所悉（ことごと）く叶うこと間違いなし」

と占ったので、時頼はたいそう喜んで釈迦如来像を自分の守り仏として崇め奉ることにした。

その故もあって、廻国にあたっては笈の中に尊像を安置し、自らそれを背負って共に出立することにしたのである。

（三）喫茶去

時頼は出家して間もなく、昵懇の二階堂行忠を最明寺に招いた。

対面を待ちかねた時頼は、僧衣を纏ったまま山門まで出て二階堂を迎えた。

「お呼びがあるのを心待ちにしておりました。最明寺でのお籠もりの妨げになってはと、勝手に訪うことを控えておりました」

と二階堂は久々のお目通りを喜んだ。

「少し思うところがあってそなたを呼んだのじゃ。まあ、まずは喫茶去としよう。寛ぐがよい」

時頼は穏やかな表情で二階堂を中へ招じ入れた。

最明寺とは時頼の出家のために建てられた質素な寺だ。竣工間もないこともあって、木の香が強く漂い、心の鎮まりを覚える。

時頼は自らの心に温めていたことを二階堂に伝えたいと思ったので、互いの腹蔵のない語らいを期してまずは喫茶去のことを持ち出したのだ。

「こうして茶を嗜（たしな）むという落ち着いた境地も久しく忘れておった。

其方も禅語の喫茶去は知っていよう。

そもそも禅の世界では、相手を叱咤（しった）する意味でお茶でも飲んでこいと言ったようだ。

それが後にはお茶でも召し上がれの意味になった。

そして、日常則仏法の境地を表す言葉にまでなったものだ」

二階堂は少し困惑しながら、

「恥ずかしながら、修行中はお茶など口にすることがございませんでしたので、喫茶去の意味まではよく分かりませんでした」

と応じた。

「そもそも、この言葉は禅問答から始まったらしい。

人への対応は貧富貴賤の隔てなくあたれということだ。

そのためにはまずお茶でも一服如何ですか、と接することを説いている。

人はともすれば相手の立場に合わせて応接しようとする。

それは作為であって、真心からはほど遠いということで嫌われるのだ。

お茶を嗜むときはその事だけに専念して、心を整えることが尊いのだ。

その心の鎮まりは、対話の余分な思いを削（そ）ぎ落としてくれる。

反対に、気張った、勢いのある対話は危うさを増幅させるものだ。

危うさとは言うまでもなく真心から逸（そ）れるということだ。

喫茶去とは事に臨んで生ずる気負いを取り除くための禅の知恵なのだ。

語らいにはこのような落ち着きの場が一番ということだ」

時頼は静かに続ける。


「さて、その大事についてだが、予にとって、出家は生涯における一大事であった。

先ずは形の上でその大事を為し遂げてみると、今までとは違ったものが見えてきた。

新たな世の中が目の前に拡がる状（さま）を生き生きと感じるようになったのだ。

それは、執権としての見方とは違う、別の見方があることに気付いたということだ」

二階堂は少し身を乗り出すように、

「と、申しますと？」

と、その先の話を促した。

「民の目から幕府の政（まつりごと）を見てみたいと思ったのじゃ。

出来ることなら、鎌倉や相模近辺ではなく、遙かな地方の国々の暮らしぶりを確かめたいのだ。

幕府の政は津々浦々に伝わっているはずだが、そう思うのは推し測りでしかない。

法度（はっと）は言葉として存在しても、その扱いに至っては国により、地方により、人により千差万別であろう。

法の解釈や扱いがまちまちでは、折角（せっかく）の法も台無しだ。

もっと大きな問題もある。

それは被官、御家人等の人品（じんぴん）に関わる問題だ。

法の精神を生かし切っているかどうかについては全く覚束（おぼつか）ないことだ」

時頼は冷静を保とうとしてか、ゆったりとした所作で茶器に手を伸ばした。

「まあ、一言で言えば、諸国を廻（めぐ）る旅に出ようということじゃ。

願わくは、其方も同道して欲しいのだ。

吾等の立場を秘しての二人旅だ」

廻国のことを話すのは今回が初めてゆえ、二階堂は激しく狼狽（うろた）えるのではないかと思ったのだが、それは杞憂（きゆう）だった。

「願ってもないこと！

殿にお供仕ります。

して、先ずはどちらへ向かわれますか」

と間髪を入れず問い返した。

時頼は二階堂の意気込みを喜びながら、被官たちの生き様に話を戻した。

「被官どもは何でも法に照らして判断すれば事足りるなどと思い込んでおる。法の精神を良く理解もせず、金科玉条のように振りかざしていることも懸念される。恥ずかしいことだが、御家人の中には、法の読解もままならぬ者も居よう。また、法を自分に都合よくねじ曲げて嘯く輩も居よう。これではまさに法とは名ばかり。法があってもいざこざが絶えぬ所以だ。二階堂、なぜだと思うか」

急に問われて二階堂は返答に窮した。

時頼は続ける。

「法の文言だけが一人歩きして、魂が吹き込まれていないのだ。立派な法があっても、それを実現すべき人間と政が脆弱だということだ。全ては人にある。

人は生きているのだ。それぞれの都合を抱えて生きているのだ。生きている人のためには、法も生きていなければなるまい。生きた裁断でなければせっかくの法も法たり得ぬ。

第一、御家人の中にも文字を読めぬ者がいることを忘れては困る。民においてはなおさらだ。

民は役人が決めたことに従うことで精一杯だ。

その役人の気分で裁許に差が出たり、善悪が曖昧になってはならぬのだ。

仏教と生活とは不可分のものだ。

生活の則を教えるのが仏教なのだ。

国々を廻れば予想だにせぬような不埒に出くわすはずだ。

互いにどんな詭弁を弄しても、どんなに正義や誠意をかざしても『規矩』ということに照らして判断すれば概ね間違いは露わになるはず」


二階堂は早く廻国の段取りを聞きたくて仕方がない。

「さすれば、殿は、何時、何処へとお考えですか?」

「雪が消えた、春じゃ。

谷戸の桜が散って、若葉が芽吹く頃を考えておる。

目指す所は奥大道の果て、津軽じゃ。

そこも我が得宗領の一つ。

被官どもの活躍を目の当りにし、督励もしたいものじゃ。

さてさて、この件については目下のところ他言は無用ぞ」

時頼はきつく言い含めた。

自らの廻国については敢えて公にせず、直にありのままの暮らしぶりを見たいとの思いからだ。既にその段階で時頼の胸中には綿密な計画が出来上がっていたのはいうまでもない。


「言い忘れておったが、廻国を考えたきっかけはもう一つある。

禅僧の円爾弁円（えんじべんねん）殿は其方も知っていよう。

その弟子に無住道暁（むじゅうどうぎょう）という予と同い年の坊主がいる。

説話集の沙石集（しゃせきしゅう）や雑談集（ぞうたんしゅう）を著した面白い坊主だ。

その男が、予の立場を案じてのことと思うが、面白いことを言うておる」


二階堂は興味ありげに身を乗り出した。

「『時頼公は執権として忙しい。
領地も全国にまたがっていて多すぎる。
それ故になかなか見に行くこともできぬのは気の毒なことだ。
それに引き替え、自分の場合は尾張（おわり）の小さな寺一つだけだ。
寺の所領も十町ほどで取るに足らぬが、いつでも見て回れる。
時頼殿は強大な権力故に自由がなく窮屈な人生を送っておられる。
持てる者と持たざる者の違いだが、どちらが幸せかは分からぬ』
と言っていたそうだ。
言い得て妙とはこのこと、実に尤（もっと）もなことだ。

無住法師の言葉に背を押されてのことではないが、これで予の廻国への意欲が強まったということだ」

と愉快そうに笑った。

（四）春暁出立

鎌倉の谷戸を彩った桜も葉桜となり、谷間から見上げる新緑の濃淡も爽やかな陽気が巡ってきた。

北の国々では未だ雪も残っているのであろうが、時頼は逸る気持ちを抑えていたが愈々出立の日を迎えた。

その日の朝、近くの建長寺では雲水たちの払暁の勤行も終えて、そろそろ伽藍の内外隈無く作務（掃き掃除や拭き掃除）に精を出そうという頃合だ。

ここ最明寺の時頼主従は出立を前にして既に勤行を済ませた。

行脚僧のいでたちに身を整え、脚に脛巾を巻き付けてしっかり紐を結んだ。

旅の支度が斉ったのを確かめた二階堂は、

「そろそろ出立の刻限にございます」

と告げた。

主従二人は静かに山門の前に立った。
それを知っている者は他には誰もいない。
時頼には出立の儀式などは一切不要なのだ。
見送りを受けることも嫌った。
それは厳しい旅への覚悟の表れだ。
ただ自らの覚悟を確かめるだけで十分だ。
出立の心境を墨痕も新たにしたため、静かに朗詠して山門に残した。

春暁斉旅装　春暁旅装斉ふ
確北国実相　北国の実相を確かめんと
渡山河荒海　山河荒海を渡る
豈可客死恐　豈に客死を恐るべけんや

時頼は出家したとはいえ、幕府の重鎮という立場に変わりはない。
しかし、これからの旅にあってはその肩書は一切無用なのだ。
時頼がかねがね思っていることはこうだ。
「その人の役儀が人を動かすのではない。

人を動かすのは人だ。

人の思慮分別なのだ。

人が役儀を外すということは自由になることだ。

しかし、それは己が負う責めを放棄することではない。

むしろ、相手との忖度（そんたく）を断つためにそうするのだ。

御家人、官人、民らとの忌憚（きたん）のない交じらいのためだ。

本当の検分（けんぶん）は世の実相（じっそう）を確かめることから始まるのだ」


お供は法名を行一（こういち）と名乗る二階堂信濃入道行忠（にかいどうしなのにゅうどうゆきただ）一人。

時頼は竹で編んだ笈（おい）の中に尊崇篤い釈迦如来の尊像を安置し、仏具、経巻も添えて自らがそれを背負い、二階堂は衣服や質素な食器類を入れた荷箱（にないばこ）を背負った。

剃髪し墨染めの衣をまとい、網代笠（あじろがさ）を被（かぶ）った旅装は凛々（りり）しく、主従二人は眥（まなじり）を決して鎌倉路に歩（ほ）を進めた。

長い長い廻国行脚（かいこくあんぎゃ）が始まったのだ。

（五）鎌倉路

この時代には幕府のある鎌倉と各地を結んだ道路網ができあがっていた。

それは軍事上の問題で、まさかの折に御家人の移動を確かなものにした。

鎌倉から各地へ下る道には信濃道、上野道、下野道、奥州道、常陸道などがある。時頼公以降、武蔵国は得宗分国として北条氏の直接支配下に置かれていた。従って、時頼主従は相模国の鎌倉から東へ遥かに進み、国境の境川を越えて武蔵国へ入り、上野国の国府を通り、上州へ向かう鎌倉路のうちの「上道」を下るつもりだ。

その道は信濃路・武蔵路とも称され、特に鎌倉から武蔵国府（今の府中市）に至るまでは人の往来が頻繁だった。

鎌倉の武蔵大路から仮粧坂を越えて柏尾川を渡り、柄沢から渡内（ともに藤沢市）を経て大ケ谷戸（町田市鶴間）、更には井出の沢（本町田）から多摩丘陵を越えて霞の関（多摩市関戸）で多摩川を渡り、武蔵府中（府中）へと通ずる。

その先は、恋ケ窪（国分寺）、久米河（東村山）、武蔵野（所沢一帯）、入間野（入間）、瑞籬（狭山）を経て奈良梨（小川町）、塚田（寄居町）から右へ進むと本庄路に入る。

山名（高崎）からは碓氷の峠を通らずに、まっすぐに越後へ向かう三国の峠を登り下りして越後の六日町、十日町を経て北海（日本海）の寺泊湊を目指すつもりだ。

その先は陸路か海路かは決まっていないが、最終目的地は北の果て津軽の北条家得宗領と定めている。

この山名から先の道は後鳥羽天皇の御代、文治五年（一一八九）七月に源頼朝が奥州藤原氏を滅ぼし、陸奥や出羽を勢力下に治めた奥州征伐の際、北陸道大将軍の比企能員や宇佐美実政などが通った道でもある。

（六）化粧坂

鎌倉から武蔵国の国府（今の府中市や国分寺市）へ向かうとき、まず通らなければならないのが深い切り通しになっているこの化粧坂だ。ここを越えるといよいよ鎌倉ともお別れだ。

坂の名前の由来には諸説がある。

討ち取った平氏方の武将の首実検のために化粧した場所だとか、この辺りに娼家があって化粧した女たちがいたからなどの謂われがそれだ。

二人は山ノ内を出て最初の登りにかかった。坂の両側の木々が道に覆い被さるように迫り空を遮って薄暗い。

ごつごつした岩がむき出しになっている場所が何ヶ所もあり、それを右へ左へと何度も迂回するように登る。

巨石は通行を妨げる。その曲がりくねった狭い坂道は敵の大軍の迅速な突破を許さぬ構えだ。

それは、あたかも城郭でいう虎口の役割を果たして鎌倉を守るかのようだ。

二人はそれぞれ感慨を覚えながら切り通しの道を登る。

道の両側の木々から伸びる走根はまるで生き物のようにゴツゴツと地面にせり出し、それがまた格好の階段の役目を果たしてくれる。

所々の斜面からは湧き水が滴りおち、岩を覆う苔の色も濃淡鮮やかだ。

二階堂は盛唐の詩人王維の絶句「送元二使安西」の心境にも似た思いを心に抱いたが、時頼はそのような感慨とは無縁だった。

執権の役儀（肩書）は長時公に譲ったとはいえ、実質的に幕府を動かしている時頼にとって、その関心事は北国の民の生活を自らの目で確かめ、御家人たちの不正を糺し奮起を促すことにある。

その逸る気持を実行に移そうという気迫に満ちて、鎌倉を後にする感傷や感慨の入り込む余地は微塵もないのだ。

雲水を自任する時頼主従は本来ならば素足に草鞋のいでたちなのだが、今回だけは足が慣れるまでのことで革足袋に草鞋を履いた。それでも旅慣れない身には化粧坂のごつごつした石が堪え、草鞋の裏を通して両方の足裏を痛めつけてくる。

しかし、背負った笈の中に安置した釈迦如来像に守られているという安心と、尊像を背負うという緊張が痛さや疲れを遠ざける。

二人は一日の行程を概ね七里と見込んでいる。

紆余曲折があればそれなりで、一日の行程突破を自らに課している訳ではない。急ぐ旅ではないのだ。

ただ、夜明けとともに歩き始める毎日は、歩くことに没頭することになり、心のわだかまりなどはいつの間にか頭の片隅に追いやられていくようで、それがまた心地よかった。

歩きは順調だ。

井出の沢（本町田）、恋ヶ窪（国分寺）、武蔵野（所沢）を通り、入間川（狭山）までは四日余を要した。

一方、その頃、時頼の不在を待っていたかのように、鎌倉の館では不穏な動きが露見するようになっていた。

それは側室の一人唐糸御前が思わぬ不遇を託つことになっていたということだ。

そのことを時頼はまだ知る由もない。

旅は続く。

比企ケ原（嵐山）、奈良梨（小川町）、山名（高崎）を経て渋川を目指す。

さらにそこから先の厳しい峠越えも覚悟の上だ。

二　唐糸騒動（からいとそうどう）

（一）伊香保闇夜（いかほあんや）

山名（やまな）の次の渋川（しぶかわ）で宿をとろうとしたが、日暮れにはまだだいぶ間があった。

村人の話では大して手間（てま）はかからぬというので、もう一踏ん張りして伊香保の湯まで上ることにした。

道中、山径（やまみち）の雪はとっくに消えているので足もとの難儀はない。周りの山々の斜面には橅（ぶな）の巨木が山肌を圧するように林立していて、山一面にはまだぶ厚い雪の層が残っている。ところが、不思議なことにどの橅もその根元だけがぽっかりと深い穴が空いたように雪が溶けている。

時頼主従はその珍しい光景にみとれていたところへ、後から追いついてきた土地の老人が、

「あれは根開（ねびらき）といってのう、橅の大木が春になって陽気が良くなるにつれて、木の幹も温められ、幹の回りの雪が溶けるのであのようになるのじゃ」

と教えてくれた。

残雪の中に現れた不思議な文様の謎が解けた。

よく見ると、遠目には白く見えたはずの雪上には橅が芽吹いた後の、殻が一面に散り敷いている。深山（みやま）の春は遅いと思い込んでいたが、橅の芽はとっくに衣を脱ぎ捨て、春を呼び込むように装いを整えていたのだ。

今しがた二人と話した老人はもう遥かな先を登っている。その健脚にはとても適（かな）わない。

二人は山中の春の息吹を確かめながら重い足を運ぶ。坂道はきつい。

その急な坂の先に温泉場があるはずだが、その気配はいまだ感じられない。そればかりか、時が刻々と過ぎて、頼りの薄明（うすあかり）さえも早足に去って行く。

たそがれ時は駆け寄る闇と混じり合い、またたく間に漆黒の闇に呑み込まれた。生憎、この日は月はない。満天の星が刻一刻と輝きを増し、星々が星雲（せいうん）となって広がる。

頭上には芽吹いたばかりでまだ葉を付けていない木々の枝が不規則にのび、星雲の輝きをその黒々とした影で切り裂いているかのようだ。

旅先の見知らぬ土地はさすがに不安だ。夜は尚更。

心細さを通り越して怖い。闇の中で禍神（まがかみ）たちが思いも寄らぬ禍事（まがこと）を企（たくら）むような畏怖（いふ）の情を覚える。

魑魅魍魎（ちみもうりょう）の暗躍する舞台とはかくの如き状（さま）か。見えないということが余計に怖気（おじけ）を際立たせる。

「せめて、炬火（松明）でもあれば良いのですが」

と二階堂。

「此の期に及んで狼狽えても仕方があるまい。

『夜道に日の暮れたためしなし』というではないか。

闇を受け入れて進むだけじゃ」

と時頼は自らを慰めるように歩みを進める。

二人は必死に目を見開き、足もとの山径をなぞるように進む。

ふと、漆黒の闇と黙の中に、微かではあるが肌にしっとりした湿り気を感じた。

頭を持ち上げると目の前には湯宿があった。

終に辿り着いたのだ。

何と、外には小さな篝が焚かれているではないか。

してみれば、先程の老人が湯宿の者に告げてくれたものか。

暗闇の中、上り坂を俯いて上っていたので、ついぞ、その灯りには気付かなかったのだ。

その篝は煌々たる輝きをもって迎えてくれた。

「今夜の闇はこの篝の灯りさえも呑み込んでしまう深さだったということか」

と時頼が呟いた。

暗夜の不安、異界の怖れ、それらが大きな溜息とともに消えていった。

旅装を解いて味わったのは安堵の一語。
急に空腹を覚えた二人は湯宿の質素な飯にありついて人心地がついた。
眠気をもよおす前にゆっくり湯に浸(つ)かって手足をのばした。
湯の中にいち早く溶けていったのは凝り固まった気持ちの張りだった。

この伊香保の湯は古来信仰の山として有名な榛名山(はるなさん)の東斜面の中腹にある。湯は茶褐色で鉄分を多く含んでいる。切り傷や火傷(やけど)に良く効くだけではなく、節々(ふしぶし)の痛みを取り、子宝にも恵まれるといわれる名湯だ。
古くは奈良時代から親しまれ、万葉集の東歌(あずまうた)にも詠まれている。

伊香保風　吹く日吹かぬ日　ありといへど
　　吾が恋のみし　時なかりけり

〈伊香保の山から吹くあの強い空っ風だって、吹いたり止んだりします。
でも、私があなたを想う心はそんな甘いものではありません。
明けても暮れてもあなたのことばかり想い続けているのですから。〉

誰の作かは分からぬが素朴で一途な恋歌だ。

この先に待ち受ける峠越えに備えて、この出で湯に二、三日の逗留を決めた。

お陰で心身の垢離も取れて、少し若返ったような気持ちになった。

（二）時頼独白

二階堂は道中の汗で汚れた主従二人分の衣を洗い終わって一息ついた。

時頼もここまでの順調な旅を振り返って満ち足りた気持ちを味わっている。

眠るまではまだ間がある。外は満天の星。

湯上がりの寛ぎがそうさせたものか、自らのこれまでの人生を反芻でもするかのように、
また、廻国の意義を確かめるかのように、時頼は二階堂を前に問わず語りをはじめた。

「幕府の治政のことだが、それまでの独断の政治から合議の政治への転換を図った祖父泰時公の功績は大きかったと思っておる。執権を補佐する連署を定めたのは元応三年（一二二四）のことだった。

幕府の公の文書に執権と連名で署名する役割を新たに作ったということだ。

それは、執権の複数制を意味し、合議制を尊重するという姿勢の表れなのだ。

それにもう一つ、評定衆の設置も祖父の政治信条から出たものだった。

幕府の取り決めの要として、政のすべてを司るこの組織も有力御家人による合議制とし、執権はその長に当たるものと位置づけた。

ここにも執権が独断に陥らぬようにという分別や、執権の考えを衆議に諮ることでより確かなものに高めようという狙いがあったのだ。

まだある。

貞永年間（一二三二）の御成敗式目（貞永式目）の制定もそうだ。

以前からあった律令格式の法律はあくまで支配者の側に立つ公家を対象にして作られたものだ。

その中には今の鎌倉の武士社会にはもはや通用しないような条文も入っており、訴訟のたびに先例や慣例にたよっていたのでは実状に合わぬも甚だしい。

この新しい武家法こそは、武家の身の律し方を簡明に示したという点でその存在意義は誠に大きいものがある。

その中で、最も重きを置いたのは御成敗式目の第一条、『神仏を崇敬する事』だ。これは、『神は人の敬によりて威を増す（神仏は懸命に縋る者を救う）』という諺に基づいて定めたものだ。

これを『諸国守護人奉行の事』、『国司領家の成敗の事』、『女人養子の事』などに先行して位置づけたことの意味を考えれば、神社仏閣を修理し祭祀を専らにすることを如何に重視したかということが分かろうというものだ」

時頼は草創期の執権職の奮闘に思いを馳せる。

「このような諸改革の効用は我が北条家に対する身贔屓で言っているのではない。泰時殿は宿直にも率先垂範で当たり、自らも板の間に寝て翌朝の幕府出仕は誰よりも早かったなど、賢明で善意の政治家といわれた所以はここにある。

しかるに昨今の状況はどうだ。

幕府や各地の御家人の中には未だ旧態依然の弊風から抜けきれずにいる者もいる。また、式目に馴染もうとしない者がいるのはどういう訳か」

二階堂は余念もなく大問題を突きつけられて返答に窮した。

少し間を置いて、

「幕府の組織が大きすぎて執権の掲げる政の心組みが伝わりにくいのでしょうか」

と、やっとのことで応じた。

「いや、そうではあるまい。連署や評定衆を新たに設けた意義を考えれば分かることだ。それぞれの役割を明らかに示したにも拘わらず、功を奏していないということは、組織に属する人間の頭と腹の中が新たな決まりに対応できていないということだ。

古くからある仕来りにどっぷりと浸かっているだけで、そこから抜け出す気力もなく、惰性にしがみついて我が身を支えているだけだ。

せっかくの式目が機能しないのはそのためだ」

と手厳しい。

時頼は続けて、

「問題は、それぞれの任にある者の目がどこに向いているかだ。

自分や一族や派閥の方を向いて、その損得に汲々としていないか。

困っている民の救済に目が向いているかどうか。

世直しはそこから始まるのだ。

保身のためには平気で節（せつ）を曲げる。

指摘を恐れて甘言を弄（ろう）する。

それひとえに道義の欠如による」

苦々（にがにが）しそうに時頼は呟く。

「我が師蘭渓道隆様は『仏法は実生活を離れた所にあるのではない』と説いておられる。

それは民の平安、世上の安寧（あんねい）こそが第一だという意味だ。

前にも言ったが、予が執権の座を長時公に譲ったことをもって、その責任から逃げたと
陰で吹聴する痴（し）れ者（もの）もいる。

それは全く不誠実で思慮分別に欠けたことだ。

あえて肩書きを捨て、もっと自由な立場で世の中を見定め、それを世直しに繋げようと

いう予の考えなどには思いも及ぶまい。

今回の廻国の意義のうち、その最たるものは御成敗式目の確認そのものにあるのだ」

時頼にとって、生死を賭(と)しての旅、自らの肩書きを匿(かく)しての旅の意味するものは、幕府治世下のありのままを直視しようとする得宗(とくそう)としての覚悟だ。廻国へ向けた大義の独白。それは国家安泰への鬼気迫る信念によるものなのだ。

「人の判断も評価も、その人の器(うつわ)（度量）以上のものにはなりようがない。

喜怒哀楽、正義、不正義、誠実、不誠実など、いずれもその内実は濃淡様々で、一線で画すことなど出来るものではない。

守護、地頭、御内人など、いずれにあっても、その肩書きが仕事を推し進めるものだなどと考えてはならぬ。

民の幸、不幸は大方、上に立つ者の真っ当な人格と誠意の質によって決まるのだ。

その者たちが何に目を向け、誰のためにどのように行うかにかかっている。

政に関わる者ならば世の中の不正を糺し、悲嘆に暮れる者がいたらそれを励まし救うことができるかどうかということだ。

地方の人情や、風俗、民の生きざまを目の当りにし、諸国の守護地頭らの不法非礼を糺し、訴訟の公平や迅速を旨とすることができずに、どうして国の平安があろうか。

人々の魂の平安のために、各地の寺社の建立や、修理、追善供養等の場を作り、信心深い生き方の後押しをすることだ」

時頼は思いの丈を語る。

それは自分自身の覚悟を自らに言い聞かせているようにも見える。

二階堂は相づちをうとうとしたが、敢えてそれを控えた。

殿の思念の邪魔になってはならぬとの思いからだ。

時頼は更に続ける。

「何よりも、直接民と関わる守護地頭らの品格を高めることが急務だ。

和歌、管弦、騎射、競馬等の武技文芸を奨励することで教養を身につけ、質実剛健の気を養い、規範となる意識を育むことが急がれる。

身過ぎ世過ぎに現を抜かす者は、人間本来の楽しさや喜びを知らないのだ。

武技文芸は遊びでしかなく、そこからは何も生まないと蔑む者もいようが、そうではないのだ。

本当の娯楽や武技文芸にはしっかりとした決まりがある。それを守り、更に高めることが己の人格陶冶につながるのだ。

真っ当な人間は独りでに生まれ出るのではない。則から外れまいと苦心惨憺し、邪を排除しようとするところに誠実な人格が育まれるのだ」

その深遠な問題意識と手厳しい意見に、二階堂はあらためて廻国の意義を確かめ、威儀を正して聴き入った。

　ひとしきり語り終えた時頼は咽の渇きをおぼえたのだろうか。

一杯の酒を所望し、一気に飲み干して完爾とした面持ちで横になったかと思うと、すぐにかすかな寝息をたてはじめた。

　二階堂は殿のおやすみになられたのを見届けて、隣の自分の部屋に下がった。

　さて、横にはなってみたものの、様々な思いが脳裡を過ぎる。旅中、必死に殿の世話をすれば良いとの考えをもってここまでやって来た。しかるに、ここに至って、殿の思いを共に実現する役目を担っているという使命の重さにあらためて思い至った。

　時頼公の「世の実相をこの目で確かめ、不正を糾す」という覚悟は並々ならぬ覚悟だ。

　自分は随身としてのあり方をあらためて問われている。

　そう思うとますます頭が冴えわたって眠気が遠ざかる。

（三）唐糸騒動

　話は時頼公出家の前にさかのぼる。

　五代執権北条時頼公の頃、鎌倉の館の中には七人の側室が住んでおり、その中に唐糸御前という女御も伺候していた。

眉目、才覚ともに抜きんでていながら、その慎ましやかな嗜みゆえに時頼の信頼が厚く比翼連理の語らいにも浅からぬものがあった。

その唐糸御前の出自は津軽の名門安藤家に縁があったという。その安藤家は平安時代の前九年の役で活躍した奥州の安倍家まで遡る由緒ある家柄だ。

後には津軽の十三湊を根拠とする水軍を有し、国内外に向かって活発に交易を展開するほどの勢力を持つに至る家柄でもあった。

一方、執権北条家と津軽にも深い繋がりがある。

鎌倉初期の建保七年（一二一九）四月二十七日付の北条義時袖判下文には、二代執権義時公の時代に鎌倉御家人曽我某が地頭代（得宗被官）として津軽の平賀郡に入ったとある。これは津軽と北条家の得宗領の関わりを示すもので、その後の時頼公と唐糸御前の関係にも繋がるものだ。

既に触れたことだが、四代執権北条時氏の次男として生まれた時頼は、偶然にも父時氏、兄経時が相次いで病のために早世したため、寛元四年（一二四六）三月、二十歳にして幕府の執権の座に就くという運命に立ち至った。

時頼は執権への就任を機に、前将軍の九条頼経を中心とする反時頼勢力との抗争に巻き込まれ、寛元の政変や宝治の合戦など、生涯における最大の危機に翻弄され、その心労心痛は若き時頼を大いに苦しめた。

そのような時頼の心中を察し、勇気づけるに足るほどの女御は唐糸をおいて他になく、その凜とした素養は時頼を励まし、政権の争いによる苦悩を癒やした。

ところが、そのような唐糸の存在そのものが徐々に他の側室たちの不満を募らせることに繋がっていった。

側室という同じ立場にありながら、妙によそよそしいそぶりを示し、ことあるごとに敵愾心をあからさまにするような眼差しを向けるなど、唐糸に対する不穏な動きが次第に増幅していった。

六人の中で唐糸を目の敵にするのは千歳御前という側室だ。側室の中では最も年嵩であることを良いことに、他の桂木、漣など殆どの側室らを巻き込み、互いに示し合わせたように唐糸についての讒言を流し始めた。

「人の口は虎狼より恐ろし」という。しかも、その讒言はあからさまに聞こえよがしに言いふらす。それが唐糸には堪え難い苦痛となってのしかかる。それでも足りないのか、館の中での生活までもが妨害されるようになり、あたかも、苛め抜くことに快感を覚えるかのような執拗さだ。

それは唐糸が時頼の寵愛を一身に受けていると思い込んでいることからくる嫉み恨みによる仕打ちなのだが、側室たちにとっては徒党を組むことで理性も羞恥も忘れるほどに増長し、言動も聞くに堪えないほど陰湿なものに嵩じてしまうのだ。

節度を保って静かに暮らしていた唐糸には何の落ち度があろうはずもない。

しかし、源氏物語の桐壺（きりつぼ）の更衣（こうい）もかくやと思わせるような多勢に無勢の、しかも、誰が仕掛けているとも分からないように仕組まれた卑劣で執拗な仕打には気持ちが滅入って堪え難いものになっていく。

唐糸にしてみれば、政務や政争に翻弄される時頼にこの心痛を打ち明けることなどできようはずもなく、堪（こら）えに堪えて苦悩の日々を過ごした。


折悪しく時頼の執権職の禅譲（ぜんじょう）、出家入道、更には廻国出立と続いたことをいいことに、側室たちは箍（たが）が外れたようにますます無節操な苛（いじ）めを繰り返し、その卑劣も極まりないものになっていく。

冷酷な雰囲気の中で唐糸の気持ちは愈々（いよいよ）塞ぎ、憔悴（しょうすい）の日々を送るばかり。

自らに非があるのならそれを直すこともできようが、他の側室たちの身勝手で卑劣な思惑で作り上げられたこの陰険な事態を前に、手を拱（こまぬ）く他はない。

唐糸は思い余って津軽への里下がりを決意し、御留守居役に暇乞（いとまごい）を申し出た。ところが、留守居役の葦原右衛門尉（あしはらうえもんのじょう）は頑（がん）として許そうとはしない。

唐糸は津軽の秀麗な岩木山（いわきさん）や大川（岩木川（いわきがわ））と平川（ひらかわ）が交わる風光明媚な藤崎の地を想い、懐郷（かいきょう）の念止みがたく一人涙に暮れるばかり。

葦原にしてみれば、留守居役というその立場上、時頼公の不在中に事が荒立つようなことは極力避けたかったのだ。

しかも、世間体を慮って、この種の問題はできるだけ伏せておきたかったのであろうか。事の真偽を糺し、問題の是非を問うことを躊躇うばかり。

その間にも側室たちが増長を繰り返し、収拾がつかなくなったのは皮肉なことだった。

葦原の不手際は他にもある。

側室たちの出自がそれぞれ然るべき御家人筋と関わりのある者たちであったということだ。

葦原はその御家人たちとの軋轢を恐れ、自らの保身の思いも手伝って、結果的には側室たちに阿るような対処に終始したことだ。

本来、留守居役とはその役儀からして、経験豊富で分別に長けた一徹の者が務めるはず。殿の不在中に不都合があるときは、それを咎め、事が起こらぬように始末をつけるのが本分で、葦原もその点で殿のお目に適ったはずだ。

しかるに、あろうことか、その葦原は唐糸を処罰するという無体な仕打ちを演じてしまったのだ。

揉めごとを裁く際の鉄則、「両方聞いて下知（判決、指図）をなせ」という常識など、念頭から消え失せていたらしい。

（四）留守居役軽挙

唐糸が行儀を乱しているという側室たちの讒言を真に受けた葦原は、ある日のこと、唐糸を空舟に乗せて金澤浜より沖に流したという噂が鎌倉市中に広まった。

当時は既に鎌倉を中心に各地方へ伸びる道が作られていたことは既に触れた。それ故に、関東と越後との往来も頻繁になっていたので、その噂はさほど間をおかずに遥か越後の山中にまでも伝わった。

旅先でその噂を耳にした時頼主従は互いに自らの耳を疑った。

「これ、まさに青天の霹靂。

何事があったというのだ！

何かの間違いであろう！」

時頼は予期せぬ事態に茫然自失の体だ。

噂話にはいろいろな尾鰭がつくものとは言え、それを勘案しても側室たちの不謹慎な振る舞いと、それに対する留守居役の不手際は断じて許し難いことだ。

時頼は、じっと一点を見つめたままだ。

満面、仁王のような憤怒の形相で、その体躯には鬼気迫るものがあった。

　少し間を置いて、

「惨いことだ。

　卑劣もここに極まれり。

　側室どもの企みか。

　葦原の乱心か」

と絞るように呻いた。

　常軌を逸したこの噂を聞いたのは、三国峠の難所を無事に越えて越後の湯沢に入ったときのことだった。

　時頼は無理無体な振る舞いに対する怒りが抑えがたくなり、それ以上は歩を進めることができなくなった。

　道端にある堂宇の階に腰をおろし、背負ってきた笈を濡れ縁に安置して、中の釈迦如来の尊像にひたすら手を合わせた。

　祈りとそれに続く瞑想は半時にも及んだ。

　それを終えて静かに目を開いた時頼の表情は少し穏やかさを取り戻していたが、その口調にはいまだ憤怒の響きが残っていた。

「女を空舟に乗せて大海原に放り出したとな。

　それは、一気に打ち首にするよりも惨いことだ。

女に何の罪科があったというのだ」

続けて、

「予が執権として重んじてきた政の要の一つは『公正の維持』だ。

こともあろうに予の不在中に代理を務める立場の者がその要諦を踏みにじったのは誠にもって許し難い」

時頼は唾棄するがごとくに言い放った。

「予の最も憎むべきは讒言などという卑劣な手段だ。

人には程度の差こそあれ、誰にでも嫉み妬みの心情はあるものだ。

ただ、それは恥ずべき心情ゆえ、誰でも人前には晒すまいとするものだ。

しかるに、人倫に悖る呆気者はその耐忍に大きく欠けるようだ。

老若男女、立場の如何に関わらず、讒言を弄して人を貶める者は何処にでもいる。

人が困るのをみて鬱憤を晴らし溜飲を下げるなどは卑劣千万。

これまさに人品下賤の権化のようなものだ」

時頼がこれほどまでに卑劣を嫌うのは親の教えによる。

それは母君である松下の禅尼による幼少の頃からの躾によるものだ。

不正、不誠実、優柔不断は卑劣なこととして、きつく戒められて育ったのだ。

「葦原の人道に悖る無責任、いい加減な判断は何事か。

そこには邪(よこしま)を諫(いさ)めるという気概など微塵(みじん)もない。

あるのは渦中に晒(さら)されまいという手前(てまえ)の都合だけだ。

そのような者にとっては正邪、是々非々の基準は変幻自在で定まることはない。

自分の身過(みす)ぎ世過(よす)ぎの都合を世渡りの規矩(きく)（基準）としているのか。

不正や人道に悖(もと)る行為も自分の都合に違背(いはい)しない限り見て見ぬふりだ。

これまさに神仏をも恐れぬ所行(しょぎょう)、人倫の道を外れるも甚だしい」


この一件について、時頼は未だ信じられぬという思いがある一方、信頼して留守居役を命じた葦原に何があったのか、結果としてのこの変わりようが解せずにいる。

「ああ、それにしても、葦原には何があったというのだ。

予が知る葦原は信頼に足る好々爺(こうこうや)だった。

急に箍(たが)が外れたように乱れたのは何故だ。

己を律することが出来ぬようなことでも出来(しゅったい)したのか。

分からぬ。

何もかも解(げ)せぬ。

人には窮地に立たされても枉(ま)げるわけにはゆかぬ節操というものがある。

重役を担う者はなおさらのことだ。

先に立つ者は職務を全うするためにどうすればいいのか。

それは人の顔色ではなく、信義がどこにあるかを見極めることだ。

相手を忖度（そんたく）する余り、どちらにも偏（かたよ）らぬだけでは中庸（ちゅうよう）とは言わぬ。

儒教でいうところの中庸とは遥かに高い次元の思想だ」

時頼は葦原の心中を掴（つか）めず、それ故に当（あ）て推量（すいりょう）で思いを巡らす他はない。

「予の今回の廻国（かいこく）の目的は箍（たが）の外れた生き様と対決して糺（ただ）すことにある。

世の中の不法非礼を糺し、訴訟の公平を図ること。

非道に対する厳正な懲罰の道筋を作ること。

不誠実な輩の跋扈（ばっこ）を許さぬ手だてはこれ以外にはない。

これらは一見難しそうに見えるが、根本は極めて明確なことだ。

不誠実、卑劣を野放しにしないということに尽きるのだ」


二階堂は、殿のこれ程までに憤（いきどお）る姿を目の当りにしたのは初めてのことだった。

いちいち尤（もっと）もなことゆえ、口を挟むことも憚（はばか）られて、無言のまま頷（うなず）くばかりだ。

時頼の怒りは己が愛した女御への憐憫（れんびん）の情だけで言っているのではない。卑劣（ひれつ）、卑怯（ひきょう）、無策（むさく）を正さずにはおかぬという時頼の生来の気質からくるものであった。

少し落ち着きを取り戻した時頼は、己を顧みる口調になって語りはじめた。

「このたびの唐糸の一件はこの予にも責任が無かったとは言えぬ。なぜこの儂がそうならぬように気配りができなかったのか悔やまれる。葦原の短慮は責められて然るべきだが、それを託したのはこの儂だ。儂の指示に瑕疵があったことも大きな要因なのだ。人にものを任すとか託すときは、その人物の心根をしっかり掴むことだ。葦原にこの役割を任せたのは『蚊虻に嶽を負わす』ようなものだった。荷が重すぎたということだ。ああ、儂はその点に手抜かりがあったのは確かだ」

と肩を落とした。

殿の気質を十分に知り尽くしている二階堂ではあったが、その生き方の厳しさにあらためて心服せずにはいられなかった。

時頼は唐糸の騒動について事の顛末を詳らかにすべく、越後のこの辺りを取り締まる地頭を呼びつけ、屈強の強者たちと相応の駿馬を出すように命じた。

地頭の大村圭二は、まさか五代執権だった時頼公がこの地に来ているとは夢にも思わず、一介の旅僧風情の二階堂に指図されて少し不服を託つような顔つきで時頼の前に姿を現した。

時頼は委細構わず、噂の真相を調べて直ちに報告せよと命じた。

目の前の人物が時頼公であることを知った地頭の狼狽は尋常ではなかった。

お付きの者ともども平身低頭の体で威儀を正し、厳命を拝して、取る物もとりあえず早馬にて四人の武者を二手に分けて鎌倉方面へと差し向けた。

件の「鎌倉道」が役に立ったのは言うまでもない。

時頼主従は越後の湯沢に留まって報告を待つことにした。

その間、三、四日の逗留ながらいかにも長く感じられ、時頼は耳にした噂の中身を反芻しては憤懣やる方なしとの思いで過ごした。

四日目の朝、遣わされていた武者坂本修武と根上顕次の二人が馬上より、

「ご注進仕りますっ！」

「ご注進仕りますっ！」

と叫びながら駆け込んできた。

馬から飛び降り、地面に片膝をついて申し上げた。

「唐糸様のこと、方々にて子細に聞き漁りましたるところ、概ね二通りの風聞が飛び交ってございました」

先に飛び込んできた坂本と根上は不眠不休の強行軍だったようで憔悴の体ながら、目にはまだ鋭い力を残して時頼の前に跪いて復命した。

「一つは、鎌倉へ馳せ参じる途中の武蔵野（所沢付近）の界隈（かいわい）にて耳にしたことにございますが、時頼公ご不在の間に、唐糸様という女御が鎌倉の館より追放され、故郷の津軽へ向かったという噂でございました。

警固（けいご）として官人（つかさびと）の武士一人がお供をしているとのことです。

恋ヶ窪（国分寺付近）でも、小山田の里（町田市付近）でもほぼ同じような噂で持ちきりでございました。

ところが、奇態（きたい）なことに、化粧坂（けわいざか）を下（お）りて鎌倉の市中に入りますと噂も一変、唐糸御前は金澤浜より小舟に乗せられて沖へ流されたとの話に変わっておりました。

御前は道理に適わぬ仕置きを恨めしくお思いになりながらも涙一つこぼさず、哀怨（あいえん）の眼差しのまま御仏（みほとけ）に自らの身を委（ゆだ）ねるかのように、汐の流れの随（まにま）に沖の彼方へ消えて行ったという噂が専（もっぱ）らでございました。

噂話の中身が所によって違いすぎますので、真偽を質（ただ）そうとしましたが、他に術（すべ）もなく、復命（ふくめい）のことに気持ちも急（せ）かれて帰参仕（つかまつ）った次第にございます」

と詫びた。

一日遅れで地頭の惣領の大村勝敏（おおむらかつさと）と武者の飛島剛士（とびしまつよし）も帰参した。

遅れて帰参した理由はこうだ。

噂の内容が土地によって違いすぎることを不審に思った二人は、念のため自ら確かめるべく金澤浜まで馬を駆ったというのだ。

意外なことに、噂になっている肝心の金澤浜では鎌倉市中で語られた空舟云々（からぶねうんぬん）のことは全く聞くことができなかったという。

それを吉報に値すると踏んだ二人は、そこから踵（きびす）を返して馳せ参じたのだ。

時頼にとってその知らせは未だ満足のできる内容ではなかったが、それ以上を求めても埒（らち）があかぬとみて、十分に労をねぎらって二人を帰した。

「さても、よくよく考えてみるに、金澤浜での聞き取りもまんざらでもない。

それに一縷（いちる）の望みを託そうと思う。

もし、空舟のことが真実（まこと）なら、金澤浜ではその噂で持ちきりのはずだ。

それがないということは本当ではないということなのか。

こうなれば、唐糸が陸路（くがじ）を徒歩（かち）にて津軽の藤崎へ向かったという噂の方を信じたい。

しかもお供の者に助けられながら北へ北へと向かったとすれば、難儀をしながらもまだ生きながらえているはず」

と、時頼はその道中を案じつつも唐糸の無事に期待を繋いだ。

同時に、時頼は此度（こたび）の早馬の件についても、自らの采配に思慮を欠くところがあったことに思い至った。

地頭を通じて四人もの強者どもにあれこれ詮索させるよりも、自らが執権の長時殿に書状を書いて事の真偽を問えば済んだことだ。

いかに動顚していたとはいえ、己の浅慮を恥じた。

（五）大水難儀

湯沢での五日目の朝は雨催いだった。

あらためて地頭の大村圭二を呼び、前夜のうちにしたためておいた執権長時公宛ての書状を子息の大村勝敏と武者坂本修武の両名に託するよう命じた。

文面は言うまでもなく唐糸騒動の顚末についての問い合わせだ。

地頭には、ここから先は魚沼の中条を経て寺泊の湊に向かうという自らの行程を告げ、返事は道中で受け取る旨を伝えた。

二人は簑笠を身にまとって歩き出したのだが、半里も進まぬうちに雨は本降りになった。

先程まで空を斬るように低く飛び交っていた燕もいつの間にか姿を消していた。

雨脚は徐々に強まる。

風がないので越後の空は厚い雲で覆われ、雨は当分止みそうもない。

次の村までは二里はありそうだが、これくらいの雨は、雲水の修行と思えば苦になるほどのことでもなし、二人は黙々と先を急いだ。

急に道端の堰（せき）の水かさが増して、濁った水が音を立てて流れ始めたのも意に介さず歩き続ける。

水はいつの間にか田圃（たんぼ）の畦道（あぜみち）を隠し、人馬の道をも覆うように溢れだした。

それでも主従二人は身の危険を覚えるほどの水嵩（みずかさ）ではないと高（たか）を括（くく）って緩い坂道を下り続けた。

時頼の脳裡は唐糸の道中を案ずることで一杯なのだ。

それ故、自らが置かれた状況には無頓着で、身に危険が迫っていることなど思いも寄らなかった。

峠筋の方では前日から山が崩れるほどの大雨が降り続いていることは知る由もない。主従は天候の急変に高（たか）を括（くく）っていたのは迂闊（うかつ）だった。

一町も進まぬうちに濁流が押し寄せた。

その激流は西妙寺川（さいみょうじがわ）の土手を越えたかとみるや、肝心の土手も壊し始めた。

主従は四方を濁流に囲まれ、その中に取り残されて立ち往生の体（てい）。

村人の悲鳴や怒号で辛うじて水難の危機に瀕（ひん）していることを知った。

惨状はこうだ。

濁流は家屋田畑（かおくでんぱた）を襲うこと怒濤（どとう）の如く全てを呑み尽くす

木橋土橋既に落ち橋桁橋脚（はしげたきょうきゃく）もろともに姿を留むるものなし
大木のぶつかりあひて轟（とどろ）き流るる状（さま）譬（たと）ふるに言葉なし
家々の屋敷に祀る神仏の堂宇（どうう）民の家もろともに崩壊流亡（ほうかいりゅうぼう）す
時頼主従老松（ろうしょう）に縋（すが）るも最早（もはや）進退に窮し天佑（てんゆう）を祈るのみ
対岸の村人戦（おのの）き拱手傍観（こうしゅぼうかん）如何（いかん）ともする能（あた）はず唯だ固唾（かたず）を呑む
時頼主従此処（ここ）に進退も窮まりて天命の迫るを悟る
正にその折にしも体に綱を巻き付けて近づくる一人（いちにん）あり
激流に足を掬（すく）われ体を運ばるるをものともせず迫り来る
その必死の形相（ぎょうそう）たるや鬼人変化（きじんへんげ）の類（たぐい）にも似たり
主従共に男の太綱（ふとづな）に身を委（ゆだ）ねて九死一生を得（う）
村人らこれ正（まさ）に神仏の冥護（みょうご）なりと快哉（かいさい）を叫ぶ

二人を助けようとする男が一人、命綱に自らの身を託し、凄まじい濁流に何度も足を掬（すく）われ、体を押し流されながらも、必死になって近づいてきた。

激流に流されまいと松の古木にしがみつく二人のもとに辿り着き、手早い動作でそれぞれの体を太い綱で結（ゆ）わえ、流れを斜めに横切るように再び土手の高台へ向かった。

その勇猛果敢な所為（しょい）には人智の及ばぬ力が宿っているかのようだ。

這々(ほうほう)の体(てい)で濁流から救い出された二人の息づかいは震えが治まらないまま、男に誘(いざな)われて高台にある男の陋屋(ろうおく)へ向かった。

その家の佇(たたず)まいは質素で、男の生きざまを表しているような雰囲気があった。

男の名前は笹谷徳助(ささやとくすけ)といった。

妻は釣瓶(つるべ)で何度も水を汲み上げて盥(たらい)に水を張り、主従二人の泥まみれの衣を洗ってくれた。

さまざまな災いにも狼狽(うろた)えることなく、此の地にしっかりと根を張って生き抜いてきた甲斐甲斐(かいがい)しさがある。今もそれをいつものとおり実践しているに過ぎないのだろう。

もちろん、夫婦は時頼と二階堂の素性(すじょう)は知らない。

少し経って、土間から木槌(きづち)で藁(わら)を打つ音が聞こえてきた。

男は休む間もなく藁打ちを始めたのだ。

二尺くらいの丸太を縦に割った台の上に藁束を置いてトントン、トントンと小気味よく槌(つち)を振るう。

二人の草鞋づくりに取りかかったのだ。

旅人は草鞋を履き、予備としてもう一足を腰に下げて歩くのが常だ。

今回は主従ともに濁流に呑まれて、履いているのはもちろん、予備の草鞋までも失ってしまっていたのだ。

囲炉裏（いろり）の焚き火で衣を乾かしているうちに、またたく間に四足の草鞋が編み上がった。

ようやく雨があがったのを見届けて、徳助は二人を越後の中条（なかじょう）から稲倉谷（しなぐらだに）の宝蔵寺（ほうぞうじ）まで山際の細道（ほそみち）を通って案内してくれた。

相変わらず道中でも寡黙（かもく）だった。

宝蔵寺に着いた時頼は男の生き様を称賛しながら、

「あの男は多くを語らぬが、命がけで我らを助けた。

誰もが恐れ戦（おのの）く大水（おおみず）のなか、我らを助けようとの一心で身を挺（てい）してくれた。

しかも、我々がどのような立場の者であるかなどは一顧（いっこ）だにせず。

ただ命を救うことだけに渾身（こんしん）の力を注いだ。

人々の喝采も意に介すふうもない。

生き方、これに尽きるとは思わぬか。

せめてものお礼だ。我らが道中携えてきた銅（あかがね）の水筒をあの男へとらせよ」

と二階堂に命じた。

二階堂は、自分の役目を終えて元来た道を帰ろうとする男を呼び止め、丁寧に礼を述べ、お礼に水筒を手渡そうとするが、男はそれを受け取ろうとはしない。

自分は人として当たり前のことをしただけの一点張り。

それを見た時頼は、男の前に進み出て自らの気持ちの丈（たけ）を述べて何とか受け取らせた。

時頼にすればお礼の品などでは代え難いほどの感謝の気持ちで一杯だったのだ。それ以上に、男のみごとな生き様に心酔していたと言うべきだろう。村へ戻っていく男の後ろ姿を見て、その笹谷徳助という男は神か仏の化身のようにも思われ、時頼は深々と頭を垂れた。


宝蔵寺に宿を借り、あらためて命を授かったことに奉謝の祈りを捧げた。

時頼は禅の厳しい修行により、己の心と向き合うことには確たる自信があった。だが、大自然の猛威を身を以て体験し、怖れ戦く己に気づくことで改めて己の未熟を痛感した。修行の大綱は今よりも遥かに高い次元にあるということを覚らざるを得なかった。
二、三日の滞在で心身の疲れも癒えた。
同時に、時頼は禅の修行に向かう心構えにもそれまでとは異なったものが沸々と湧き起こっていることを感じ取っていた。

時頼は宝蔵寺の住持に向かって言った。

「我が師、蘭渓道隆様が南宋時代に故国中国の四川を後にし、厳しい修行に入られて三十年。

その後、仏法を伝える使命に燃えて日本に来られたことの壮挙を思えば、今の己の生き様は軟弱そのもの、まだまだ足もとにも及びませぬ。

自分はこの旅に出て此の方、様々な場面に接してそれを身を以て知りました。

ここからは心の甘えを削ぎ落とし、枯るるとも折れぬ信念にて北へ向かうつもりです」

と言って、鎌倉出立の時以来笈の中に入れて大切に背負ってきた釈迦如来の尊像を取り出して宝蔵寺の祭壇に安置し、先々にわたる尊像への法要を願い出た。

宝蔵寺の住持、森雄岳師はもの静かで恬然とした風貌のお方だ。

その雄岳師の今は亡き御尊父雄峯師も此の雪深い郷に生まれ、禅の道場を開いて弟子たちや息子の雄岳たちと厳しい修行に励んだ高僧だ。

「甘えを削ぐというご覚悟、得心致しました。

尊像は寺宝として後生大事にお祀り致します。

お案じなさいますな」

と雄岳師は鷹揚に願いを聞き届けてくれた。

円座に座っていた雄岳師はすっと立ち上がって尊像の前に進み、静かに勤行をはじめた。

その立ち居振る舞いには少しの身構えもない。

主従二人もそれに唱和し、あらためてこれまでの謝恩と廻国の成就を祈った。

願いを聞き届けてくださったことに対して御礼を申し述べると、雄岳師も完爾と笑いながら、時頼主従の前途遼遠の安穏を祈ってくれた。

時頼にとって、ここでの覚悟は、ともすれば御仏に縋ろうとしてきた自分の甘さとの決別の意味が込められていたのだ。

ここからは二階堂一人を従えて旅を続ける覚悟が定まった。

（六）執事来訪

時頼は稲倉谷の宝蔵寺に滞在しながら、長時公からの返信を心待ちにしていた。

各地でも大水の被害などがあって、使者も辿り着けずにいることだろうと案じながらも、自らは北海（日本海）の湊町、越後の寺泊(てらどまり)を目指すべく旅装を整えたところへ大村と坂本の二人の使者が駆け込んできた。

恭(うやうや)しく差し出した書状には執権長時公の筆になる文言が長々と書き連ねてあり、末尾には署名と判形(はんぎょう)（花押(かおう)）がしたためられていた。

要点は次のとおり。

世上噂になっている唐糸追放のことは事実とは多分に異なること。

空舟云々という噂は、葦原が他の側室らに阿(おもね)て流した浮言(ふげん)であること。

唐糸は他の側室らとの軋轢(あつれき)に堪(こら)えかねて心を病み、自ら身を引き、古里へ帰りたい旨重ねて懇願していたこと。

混乱を恐れた葦原は清藤秀盛(せいとうひでもり)という武士をお供につけ、人知れず館から旅立たせたこと。

唐糸が向かったであろう道筋は、武蔵野の東を抜け、下野へ向かう中路から奥州へ向かう奥大道を目指したらしいこと。

執権である自分（長時）は事の顛末を精査のうえ、葦原に対しては厳しくその責めを負わせ、職を解いて代務者を任命したことなどを綴っていた。

末尾には、自らの目が行き届かなかったことを詫び、併せて、時頼公主従の長途の平安を乞い祈み奉る旨の文言が添えられていた。

　ゆっくり最後まで読み終えた時頼は静かに口を開いた。

「長時公の書状の内容に過誤はあるまい。

唐糸のことについては大いなる憤懣は残るものの、最悪の事態には至っていないことを良しとしよう。

　それに清藤秀盛という男は恪勤なる官人と見受けた。

　何時ぞや、宿直人として幾人かの武者どもをてきぱきと差配していたのを見たことがあり、その機敏な立ち居振る舞いに感じ入った記憶がある。

　まあ、それにしても情けないことよのう。

　葦原めの無策が様々な不始末を引き起こしたということだ。

　一見、事を穏便に済ませたかに見えるがそれは違う。

自らの判断の甘さが次なる問題を惹起（じゃっき）することを予見できず、いざ、そうなると世間体を恐れて小細工を弄（ろう）するばかり。

そんなことの繰り返しでは世の中に信義などは根付くはずもあるまい」

時頼はつとめて冷静を保つように言い放った。

事の顛末が分かっただけではなく、自らの後を託した執権からの直々の書状であったことが時頼の憤懣（ふんまん）を大いに和らげたようだ。

明朝の出立を前に長時公へ返礼の書状をしたためるべく、二階堂に紙筆（しひつ）を準備させた。

二階堂は机を設（しつら）え、燭台（しょくだい）に灯（とも）りを点して立ち去った。

丁度その時、二人の武者が寺の山門をくぐって入ってきて跪（ひざまづ）いて名乗った。

「それがしは鎌倉幕府 侍 所（さむらいどころ）の執事若江幾三郎鉄素（わかえいくさぶろうてつもと）殿に仕える官人、鈴木徹睦（すずきてつちか）と申す者、同じく小野晃康（おののてるやす）と申す者にござります。

此度、執権北条長時様のご名代（みょうだい）として、若江殿が時頼様へお目通りを願いたく参上仕りましたる次第。

殿へのお取り次ぎを賜りとう存じまする」

とのこと。

山門の外には執事始め数名のお供の武者も馬を下りて居並ぶ気配。応対に出た二階堂は余念のないことに動顛して、直ちにとって返し、殿にその旨を伝えた。

「殿、殿っ、鎌倉より使者の方がお見えでございます。

侍所（御家人の統轄や軍事・警察を司る役所）の執事（長官）、若江幾三郎鉄素殿と名乗るお方にございます。

殿に直にお目通りを願いたいとのこと、お供の者も多数同道にございます」

と慌てた様子で戻ってきた。

「はて、執事とは。

どうしたというのじゃ。

何か危急のことでも……。

急ぎこれへ通せ」

時頼は予期せぬ事に少し胸騒ぎを覚えた。

若江は風折烏帽子をつけ、直垂に同じ地質の括袴を穿いている。

馬を下りて、直ちに履いていた毛靴と下沓（足袋）を脱ぎ、礼に従って素足のまま鈴木と小野の二人を従えて恭しく時頼の前に伺候した。

一通りの挨拶を済ませ、しかる後にあらためて丁重に来意を申し上げた。

「過日、侍所の別当福田博様より執権北条長時様のもとに直々の献言の儀がございました。

即ち、此度の唐糸様の一件につき、時頼様よりの使者に返書を託すのみでは片秀にして礼に悖ることなれば、改めて幕府より使者を立つるべきとのご進言にございました。

その使者として、役目柄、不肖私めにご指示がございましたるゆえ、斯様に馳せ参じたる次第にございます。

長時様よりの書状は既にご覧遊ばされたかとは存じますが、それとは別に、あらためて唐糸様に係わるこの度の顛末、並びに留守居役の改易等について直に言上仕るようとの御下命にございました」

と威儀を正して申し上げた。

「それはそれは大儀であった。

長時公の書状にて大凡のことが分かって、少しは安堵しておったところだ。

他に詳細でもあらば是非にも聞き置きたいものよ。

何なり云うてくれぬか」

時頼は少し居ずまいを正しながらも、有り体を知りたい気持ちに駆られて身を乗り出すように言った。

「新たにつけ加えるほどのことでもございませぬが、唐糸様ご下向に際しましては、問注所の御内人清藤秀盛に警固と世話を命じてございます。

唐糸様は市女笠に苧の垂衣を垂れて、心穏やかに出立なされたとのことにございます。

道中それぞれの宿直屋には各地方ごとの御内人や武者どもを配置し、唐糸様にまさかのことなどなきよう備えさせてございます。

この宿直屋は近頃の群盗の狼藉を懲らしめんがために、主なる所に配置して警固を強めたものにございます」

「おう、それは始末のよいことじゃ。して、唐糸らはどの道を通ったものか」

「その儀につきましては、鎌倉より中つ路を経て奥大道(おくたいどう)へ向かったと承知致してございます。

相模と武蔵を分かつ境川(さかいがわ)を越えて、武蔵の国に入りましてからは御家人の工藤剛藤石(くどうごうふじいし)と申す者が目立たぬよう陰ながら警固を引き継いでございます。工藤の配下の安西大輔(あんざいだいすけ)なる勇壮な若武者に指示を与え、清藤とは内々に連絡をとりながら、大川越には舟を手配しておくなど万事抜かりなく事を進めている由にございます。

また、利根川から先は下総(しもうさ)の被官奈良桂吾(ならけいご)なる者がこれを引き継ぎ、上総より下野(しもつけ)の国分寺を経て陸奥(むつ)の郡山(こおりやま)までは自らも同道すると息巻いているとのこと、いずれも屈強の武者どもながら、心根の温かで律儀な者どもとのことにございますれば、暫くはご安堵いただけるかと存じます。

また、唐糸様が折々の地点を無事通過なされたる時は、そのたびごとに侍所宛て返り申しをするよう沙汰(さた)を致してござります」

「うむ、念の入った事。

かほどの心配り大層気強い事じゃ。

被官、御家人どもの心意気にも頭が下がる」

若江は不始末を演じた留守居役のことに話を転じた。

「御留守居役のことにございまするが、葦原殿ご自身からも申し入れがございましたとか、直ちに職を解かれ、今は蟄居の身と承っております。

代わりに、長時様にも信任の厚い、政所の長老緒方稜威雄殿が就任されました。

長時様も福田様も此の度の人選にはことの外心を砕かれた由伺っております。

緒方様は幕府の各部署に明るく、寡黙な御方ではいらっしゃいますが、信義を重んじ、多くの御家人より信頼されているお人柄です。

一方ではまた、洒脱な一面もお有りと伺っておりますれば、お役目も清爽闊達に運ばることと存じます」


唐糸の一件は旅の間中何日にもわたって時頼を患わした。

時頼はその胸を塞いでいた憤懣や怒りが雲散霧消していくことを有り難く思った。

珍しく殿の表情が和んだことを見届けた二階堂は、あらためて執事へ感謝の気持ちを伝えた。

時頼も上機嫌で、

「ところで、若江殿、其方はここまでよく馳せ参じたものよ。

かほどの遠駆、道中不都合などはなかったか」

と若江らを気遣った。

「お心遣い、恐れ入ります。

予め殿がお差し向けになられました大村勝敏殿、坂本修武殿御両名に道を確かめました
る上で、我らの行程を定めました。

ほぼ大村殿らの通られた道のとおり、化粧坂を駆け上り、恋ヶ窪（国分寺）から入間
（狭山）を抜け、その先の比企ヶ原（嵐山）からはその地に住む被官飯塚利政に案内させ
て殿の御許へ馳せ参じたという次第にございます」

「それは大儀であった。

今、丁度、長時殿に書状を認むるところであった。

序じゃ、其方に託すゆえ暫く待たれよ」

時頼は筆を執りながら、若江を労うように、

「この書状は急ぐものではない。

其方はここからはゆっくり鎌倉へ上るがよい。

道中、供の者どもとゆっくり湯に浸かるもよかろう」

と独り言のように言った。

翌朝、主従二人は若江ら一行と森雄岳師らの見送りを受け、稲倉谷の宝蔵寺を後にした。軽い足取りは新しい草鞋と脛巾のせいだけではない。

「津軽はわが北条家の得宗領じゃ。唐糸が無事に辿り着いていたら、また彼の地で会えもしよう」

と時頼は遙かな北国に思いを馳せた。

三　北海渡海

（一）佐渡ヶ島

越後の寺泊湊は古くからの湊だ。

話は時頼公廻国からおよそ十年ほどの後、文永年間（一二七〇年代）まで下る。

その頃の寺泊は北海（日本海）沿岸地域との交易がますます活発になり、越後では蒲原津（今の新潟）に次ぐ湊として大きな役割を担うようになる。

その頃、日蓮宗（法華宗）の開祖として活躍する日蓮は、法華経による鎮護国家をこころざし、辻説法で他宗を厳しく排撃したのがもとで幕府の六代執権北条長時公のお咎めを受けて佐渡へ流されることになる。その日蓮が佐渡へ向かうのもこの寺泊からだ。

吾妻鏡の文永八年（一二七一）十月二十二日の寺泊御書には、

「九月、幕府により囚われの身となった日蓮、佐渡の守護北条（大仏）宣時の屋敷に預けられることになり、越後国寺泊津を経て佐渡へ向かふ」

とある。

話を時頼廻国の時に戻す。

この時代の船は筵帆一枚を設え、船縁に突き出た一枚板の上に五人から十人の水手（漕ぎ手、水夫）が座って櫂を漕いで進んだ。帆柱の後方には屋形がついていることもあり、そこには主に貴人などが乗った。

交易品の積み方にも工夫があった。荒波で船が傾いても復元しやすいように重い物から順に船底に積み、荷崩れが起こって転覆につながることを防いだ。

舳先（船首）には二本の四つ目碇を載せ、艫（船尾）は高く反り上がった船形だ。

帆掛け船とはいえ、肝心の筵帆は進む方向に向かって直角にしか上がらないので、航海中も逆風や横風になると直ちに帆を下ろして艪や櫂に頼らざるを得ない。とりわけ、湊に入る時は筵帆を下ろし、帆柱を倒して人力で漕いで湊に入ることになっていた。

時頼主従は寺泊から北海沿岸最大の湊である越後の蒲原津へ向かい、そこから更に北上して最上川河口の酒田湊を目指したいのだが、その都合に見合う船はなかなか見当たらない。

北海に浮かぶ佐渡ヶ島からだと酒田へ向かう船もあるらしいというので、少し遠回りだが佐渡へ向かうことにした。

佐渡も北条家の一族が治めていることも決断の一つになった。

様々な食糧や生活物資を積んだその船は水手らの手慣れた捌きで錨が抜かれ、静かに湊を離れた。

水手たちの揃った掛け声と櫂（かい）の軋（きし）る音が心地よい。

夏にはまだ間があるというのに屈強の漕ぎ手たちは揃いの赤い褌（ふんどし）をきりりと締めて、息を合わせて漕ぎ続ける。

越後の弥彦山（やひこやま）をご神体とする弥彦神社（いやひこじんじゃ）がゆっくりと後方へ遠ざかる。

時頼は潮の香りを胸一杯に吸いながら、幼い頃に母と出かけた鎌倉の由比ヶ浜（ゆいがはま）の海を思い出していた。

時頼が十二歳になった年、暦仁（りゃくにん）元年に母たちと一緒に長谷（はせ）の大仏造営の法要に出かけたことがある。お寺は高徳寺（こうとくじ）といったが、時頼の印象に残っているのは、そこでの法要ではなく、由比ヶ浜から見た富士山だった。

子供の時頼には、まるで高い山が海から生まれ出たように感ぜられ、海の上に聳える富士の威容に圧倒された想い出がある。

今、こうして船に乗って海上から陸（おか）を眺めていることに大きな感慨を覚える。

寺泊と佐渡の海域は船と潮との位置取りが難しい。寺泊から佐渡までは南から北へ向かう速い潮の流れを横切る形で進まねばならない。

だから、陸から離れて潮に乗ったからといって安心はできない。下手をすると流れを横切って佐渡へ着く前に、速い潮流に運ばれ、佐渡を横目で見ながら行き過ぎてしまう危険があるのだ。

船頭は今日の風向きに合わせ、帆を張ったり下ろしたりを繰り返しながら進む。風が合わなければすぐに水手の出番だ。

水手たちの無駄のない動きは小気味よく、赤銅色（しゃくどういろ）の肌に汗が弾ける。

佐渡の赤泊（あかどまり）までは十一里余り。風の向きと潮の流れをつかみながら渡りきるのだ。


時頼は北海を見るのは今回が初めてだ。

海の輝き、海の拡がりに違いはないが、鎌倉の海とは趣がだいぶ違う。

それは明と暗というほどの違いではないが、強いて言えば一方は華やぎ、もう一方は沈静とでも言うべきか。

勿論、時化（しけ）の時は双方とも牙（きば）を剥（む）く海であることに変わりはない。

時頼は舳先に立ったままじっと行く手を見つめる。

遥か彼方には佐渡の島影が薄く青く見えはじめた。

遠くを行き交う船の帆影も見える。

船頭は興味深そうに海を眺める時頼に話しかけた。

「はるか向こうに船の帆が見えるが、この船の位置からあそこまではどれくらい離れていると思うか、分かるかのう？」

と言った。

時頼には皆目（かいもく）見当がつかない。それを見越してか、

「船乗りには『帆影七里船端三里（ほかげしちりふなばたさんり）』という言葉があってのう。

海の上では船体は三里先まで、帆は七里先まで見えるという意味じゃ。

もちろん、凪（な）いでいるときの話だがのう」

と得意げに教えてくれた。

船頭は千島勤（ちしまつとむ）という。佐渡の赤泊（あかどまり）生まれで年齢のほどは五十過ぎくらいか。

小さい頃から船乗りとして厳しく躾けられたので、よほどのことがない限り狼狽えることはないようだ。

穏やかな語り口で、日和（ひより）を見極めながら船を操（あやつ）る状（さま）は実に頼もしい。


時頼は物珍しさも手伝って遥かな彼方を見続けているうちに、少しずつ奇妙な感覚に引きずり込まれていく。

自分をもう一人の自分が見つめているというような感覚だ。

海も空も一緒くたになって迫ってくる。

いつの間にか、自分が船に乗って海の上を進んでいるという意識までもが徐々に薄れていき、それに代わって何か得体の知れない大きなものに突き動かされて、自分の意志とは

別の力でどこかへ運ばれて行くような気がしてくる。

大自然の中に取り込まれることで、人間の意識の尺度も大きく変わるらしい。

大きな空とも海ともつかないような拡がりの中で自分を見つめているのだろうか。

来し方の諸々のこと、苦悩に満ちていたはずのことが断片的に脳裡を去来するのだが、今の自分にはその何れもが些事（さじ）のように思われるのが不思議だ。

これまで幕府の執権として心を砕き続けてきた政（まつりごと）などの人の世の所行そのものが頭から消えていく。

不思議なことに、すぐ近くで漕ぎ手の水手（かこ）たちが調子を合わせる勇ましい掛け声も自分の耳からどんどん遠ざかり、終いには意味を持たない幽（かす）かな音になって消えていく。

海と空の景色、その鮮やかな色彩も、風の音、波を切る音、潮の香りもいつの間にか消え失せた。

これを忘我（ぼうが）の境地（きょうち）というのか。

いやそれとも違うようだ。

自分は今、自分を包むもっと大きなものの懐（ふところ）に取り込まれている。

その中で、自分の意識だけがかすかに息づいている。

大きな懐とは何だ。

神か仏か、それとも全てを司るというもっと別の存在なのか。

少なくとも、人が造り上げた世界とは別の、それよりは遥かに大きな造化（ぞうか）の中につくねんと佇（たたず）んでいる自分がいる。それをもう一人の自分が見つめているというような不思議な感覚だ。

これまで自らに課してきた厳しい禅の修行、そこで培（つちか）われた魂が自分をこのような世界へ誘（いざな）ってくれたものか。

時頼には難行苦行をし終えた後に決まって辿り着く境地があった。

それは、日常生活の喜怒哀楽を超えた境地だ。

そこでは、喜怒哀楽が消えて無くなるのではなく、それらがあたかも些事（さじ）でもあるかのように思えてくるのだ。

それと同じように、今、時頼を包み込んでいる無辺（むへん）の世界が時頼自身の感性を別次元の高みに誘（いざな）っているようだ。

二階堂の声に、ハッと我に返った。

どれほどの時が経っていたのか。

「殿がじっと水押（みよし）（舳先（へさき））に立ち尽くしておいでなので、声をおかけするのも憚（はばか）られました」

二階堂は少し戸惑った様子で近寄ってきた。

「うむ、何やら不思議な気持ちの拡がりを覚えていたぞ」

と時頼はさりげなく言って真顔に戻った。

船は進む。波は穏やかだ。

突然、水面をさざ波のように震わせ、まるで戦場の軍勢が一塊になって右往左往するように船から遠ざかっていくものがある。

それを見た船頭が、

「魚の群れだ。あれは小魚の群れが鰤、鰆、鮫などの大物の魚に追われているのだ。

今の時期だと鰆が鰯の群れに突っ込んでいるようだな。

この先の粟島ではあれを『浮物』と呼んでるよ。

昔の漁師は、あの様子を見て海面を動く化け物のような大魚だとか、海面をうねるように進む巨きな竜だとか、動く陸地の一部だなどと言って怖れたらしい。

船が近づくと姿を消してしまうというのもおもしろい。

何のことはない、小魚の群れを大魚が襲い、小魚は巨大な塊となって右往左往して逃げ回る『魚群』のことさ。

空からは鶚や鴎などの鳥がそれを狙う。海面すれすれに飛んだり、海の中に突っ込む鳥もいたりして海の上は大賑わいだ。

漁師はそれを『鳥山』と言って、漁場の目安にしているよ」

と言ってあちこち指さした。

海を黒く染めるほどの小魚の大群が次々と合流して膨らむ。大羽鰯の群れだろうか。海面はまるで沸騰しているようだ。


そうこうしているうちに、佐渡の島影が少しずつ大きくなり、何かしら、見ず知らずの新しい世界に近づいたという緊張や感慨を味わっているうちに、無事に佐渡の赤泊湊に滑り込んだ。

主従二人はここで『風待』（時化を避けるため船が湊に入って、海が凪ぐまで停泊すること）をする訳ではないが、酒田への船を捜して佐渡で二夜を過ごした。

ところが肝心の酒田への船は見つからない。

庄内の飛島に寄ってから出羽の野代（能代）まで行く船ならあるというので、それと決めて、三日目の朝早く湊へ急いだ。

「宿で握り飯を持たしてくれたのは有り難い。

既にこの佐渡にまで握り飯が伝わっていたとはのう。

確か、後鳥羽上皇が鎌倉幕府の討滅を図って敗れた承久の乱（一二二一）の時に、二代執権の義時公が幕府軍の東国武士に兵糧として与えたのが梅干し入りの握り飯で、それが握り飯の始まりだったはずだぞ」

と時頼は持たせてくれた握り飯に感慨も一入のようだ。

二階堂も、

「承久の乱と申せば、順徳天皇の佐渡遠流もその乱が原因でした。

それもこれも握り飯との縁浅からずということになりますか。

ただ、この佐渡では未だ梅干しまでは手に入らぬようですが……」

と笑った。


酒田沖の飛島へ向かう船は一路北へ進む。

真艫の風に押され、順風満帆の走りで順調に粟島付近を抜けた。

この海域は、陸で言えば、越後と庄内の境に位置する念珠ヶ関の沖合辺りだ。

そうこうしているうちに少しうねりが出てきた。

楫子（操舵手）の林崎辰三郎は楫柄をしっかり握り、越後と庄内の砂浜を右に見ながら、陸から付かず離れずで行く手を定める。

この辺りは潮の干満によって見え隠れする岩礁もあるので油断は禁物なのだ。

マゼ（南風）が吹いているので船足は速い。

白波こそ立っていないがうねりがどんどんきつくなってきた。

舳先がうねりの山に乗って大きく持ち上がったかと思うと今度は一気に波の谷へ落とされ、そのつど船はまるで人が大袈裟にお辞儀をするように前後に大きく上下を繰り返す。

横波をくらっては一巻の終わりなので、辰三郎はうねりと船の位置取りに全神経を寄せる。

「殿、お顔の色がすぐれませぬ。

少し血の気が引いたご様子にございますが」

と二階堂は心配そうに覗き込んだ。

「ウム……生唾（なまつば）がでて、何やら気分が悪い。

欠伸（あくび）や冷や汗もでる。これが船酔いというものか」

近くでそれを聞いた船頭は気の毒そうに、

「今のようなうねりは時化（しけ）の白波（しらなみ）より質（たち）が悪いものだ。

舳（へ）（船首）や艫（とも）（船尾）は揺れ幅が大きいから、真ん中辺りに移った方がいい。

それに、あまり船の近くの海面（うみづら）ばかり見ていないことだ。

遠くの陸（おか）や空を眺めた方が少しは楽だぞ」

と声をかけてくれた。

船酔いを気遣ってのもの言いだが、言葉遣いが少しぞんざいだ。船頭にとっては目の前にいる人物が時頼公であることを知るはずもない。

「これ以上時化たら酒田かその沖の飛島（とびしま）に入る。

飛島の方が楽に逃げ込めると思うが……。

もう少し様子を見てのことだ……」

とも。

古来、島の人たちは北海に浮かぶ越後の佐渡や粟島、それに出羽の飛島の三島は潮の流れの関係で一本の「海の道」で結ばれていると思っている。

船乗りたちにとって「風待」などを通じて古来より往き来が続いてきた駅(うまや)のような存在でもある。

風が唸(うな)りはじめたかと思う間もなく、

「帆が裂けたッ！

下ろせ！

帆柱も倒せ！」

と突如船頭が大声で叫んだ。

強い風の時に高い帆柱を立てておくことは直ちに転覆につながる危険があるのだ。

「飛島だッ！　飛島へ入る！

酒田より早く逃げ込める。

あと一里の我慢だ！

漕げッ、漕げーッ！」

突風をくらって筵帆(むしろほ)が裂けたのだ。こうなれば、風向きと船の位置から酒田は断念。最寄りの飛島へ入った方が危険を躱(かわ)せる。

「外海(そとうみ)を行き交う船の怖さはこれだ。

海の上では波風に逆らわないことだ。

人の意志と都合で動くのは愚かな船乗りだ。

しょっちゅう空と海の機嫌を見て、逃げ場を考えながら進むのだ。

夏から秋にかけては大風、大時化が多くなる。

その時は湊に入ってじっと凪(なぎ)を待つだけだ。

人と人の戦(いくさ)なら優れた気合いや戦術の持ち主が勝つこともあろう。

だが、相手が造化の神ではどんな勇気も腕力も役には立たぬ。

船乗りにとって一番のご褒美は生きて陸に上がることだ」

いかにも古参の船頭らしいもの言いだ。

その呟きには玄人(くろうと)ならではの響きがある。

時頼と二階堂は顔を見合わせ、長年の経験で鍛え上げられた分別に付き随う船頭の生き様を頼もしく思った。

（二）飛島風待

飛島の古名は魹ヶ島だ。

海獣の魹が生息していたからだろうか。

海を隔てて庄内と出羽にまたがる名峰鳥海山が聳えている。この鳥海山は山そのものがご神体で、大物忌神社として祀られており、この地の人々にとっては父にも母にも喩えられる信仰の山だ。

その山頂が噴火によって海を越えて飛ばされてきたのが飛島だという伝説もあり、それゆえに飛島には小物忌神社ができたのだという。

その神社に風の神が祀られているのは、西風から船を守る要港ならではのことだ。

既に佐渡、粟島、飛島は海の道で結ばれているということに触れた。その島々には古来から代々にわたって続いてきた生活の往来があるからだ。

加えて、これらの島々には自然の景物としても共通するものがたくさんある。

越後や庄内は豪雪の雪国だが、そこから僅かに離れた海上に浮かぶこれらの島々は暖かい潮の流れの関係で真冬でも本土ほどの厳しさがなく、雪も少ないということだ。

藪椿は春が来る前に赤い蕾をほころばせ、初夏には黄菅や萱草が鮮やかに咲き乱れ、島一面を美しい花園に染めあげる。

空の青、海の碧とともに創りあげる瑞々しい野草の光景は目を瞠るばかりだ。

海は魚介や磯菜（海藻）の宝庫で、飛び魚を焼き干しにした出汁は絶品だ。

古くから孤島には伝統の生活があって、それを守って暮らす島の人々は自信に満ちている。

孤島ゆえに他からは閉ざされていると思いがちなのだが、それは単純な思い込みに過ぎない。

海は自他を隔てるものではなく、外との間で様々な生き方をやりとりする太くて長い道なのだ。

まさに海はどこへでも繋がる人の道なのだ。

険しい山嶺によって隔てられた村々よりも遥かに鷹揚な往き来を可能にしていたのがこの海の道なのだ。

時化のため酒田湊への入津を諦め、飛島へ逃げ込んで早くも三日が過ぎた。その間、対岸の鳥海山も遠望できず、船は飛島の入江に錨を下ろしたままだ。

このように、風が止み海が凪ぐのを待つことを風待という。

目と鼻の先の海で磯舟で漁をしたり磯菜を採ったりする漁師でさえ、時化を目敏く感じ取ると絶対に舟を出すことはない。まして、外海を往き来する船は、神経の全てを風と波の動きに注いで日和（ひより）を予測しようとする。

　これを日和見（ひよりみ）という。

　日和見に疎（うと）い者は船頭にはなれない。

　日和見とは単に勘を働かせることではない。

　その湊々に伝わる天気に係わる言い伝えを尊重し、それに自らの見立てを加味して慎重に日和を読む力に長（た）けていなければならないのだ。

　時化による生死は神仏への祈りだけで決まるのではなく、人知（じんち）の全てをかけた日和見があって、その先に神仏への祈りがあるのだ。無謀に漕ぎ出して、いざ時化という段になって神仏に頼るのは空念仏（からねんぶつ）と同じだ。

　考えてみれば、今回の船旅も日和見で航路が決まった。

　当初、主従二人が予定した目的地の蒲原津（かんばらのつ）（新潟）へも酒田湊にも入らず、こうして飛島にいるのも日和見のお陰なのだ。

（三）海の道

　天気はあがったが、沖の時化はまだおさまらない。

　無聊（ぶりょう）を慰めようと、二人は島の中の散策に向かった。

島民の様子をみて二階堂は自分のこれまでの考えや感覚が少しずつ覆されていくような気がして、それとなく殿に語りかけてみた。

「佐渡に着いたときもそう感じたのですが、今、飛島の人々の暮らしぶりを見て、あらためて気付いたことがあります。

それは私が思っていた以上に豊かだということです。

しかも、それは、物の豊かさよりも、心の豊かさにあります」

「実は、予も島民の張りのあるもの言いや、もの腰に驚いていたところだ。

田舎の寒村などで目にする、民の伏し目がちな生き様はここでは感じられぬ」

二階堂は自分だけの感慨ではなかったことに意を強くして続けた。

「鎌倉で想像した佐渡や飛島は、北海に浮かぶ離れ小島でしかありませんでした。

どの辺りにあるのか、場所さえも定かではありませんでした。

今、ここへ来て、そこに落ち着いた人の生業（なりわい）があること、しかも、代々受け継いできた生き方に、島外から次々に入ってきたような習俗が混じり合って、このように良い意味で野太（のぶと）く暮らしているのは思いも寄らぬことでした」

「なるほど、言われてみると、そのとおりかも知れぬ。

特に佐渡は貴人たちの遠流（おんる）の地でもあった。

それに北条家の得宗領でもある。

それらも島民の暮らしに影響を与えているのかも知れぬ。

旅の船が頻繁に入ってくることが島民の気持や生き様を変えたのだろう。

やはり海の道の力によるものだ。

越後や出羽という近隣との関係にとどまらず、遠く北は津軽や男鹿、南は能登や若狭なども往き来があったのだろう。

実際に船に乗ってみれば、それは疑いのないところ、まさに海の道じゃ」

二人はあらためて海路の果たす役割に思いを馳せた。そこには常識人が頭で考えるのとは大きく違った、滔々（とうとう）と流れるような人や物の往来があるのだ。

山に隔てられ、谷に囲まれるようにして暮らす、どちらかといえば閉鎖的な生き方とは明らかに違う。

島にないものを外から貪欲に受け入れ、自らの生活を作り上げてきたという自負のようなものが島民の生き様から伝わってくる。

「人の思い込みと実際との間には大きな隔たりがあることに驚いております。

人は一旦思い込んでしまうと、それを基準にして物事を判断してしまいます。

思い込みが人の判断を大きく狂わすということを島民の暮らしぶりから教わったような気がしています」

という二階堂に時頼も頷きながら、

「確かにそのとおり。人は常に見識を広めねばならんのはそのためじゃ。物事の本旨を捉えもせずに、軽々しく判断を下したくなるのが人の性（さが）だ。相手を見る、対象を確かめる、その前に己を確かめることなのだ」

などと、言いながら道なりに歩いているうちに、二人は早くも宿に帰り着いてしまった。足を洗って部屋で寛いではみたものの、時頼にはまだ少し言い足りない気持ちがあったのか、二階堂を部屋に呼んだ。

「先程の話を思い返していたところだ。

島の生き方を人の幸せということに当てはめたらどうなるかということだ。

京の都は鎌倉より優れていて、佐渡や飛島は離れ小島ゆえに本土よりもはるかに劣るなどと考えがちだ。

そのような思い込みでは実態を見誤る。

得てして人を過たせるのは生半可（なまはんか）な優劣の判断だ。

人はあらゆるものにその感覚を持ち込んで疑うことを知らない。

出自、肩書き、長幼の差などに縛られて、そこから外へ出ることがない。

都鄙（とひ）の感覚に至ってはそれだけで優劣をつけてしまう体（てい）たらくだ。

予が言いたいのは、置かれた境遇で我慢しろとか、分（ぶ）を弁（わきま）えて生きよといっているのではない。

真の満足、喜び、幸せなどは愚かな決めつけとはもっと別の次元で花開き、実を結んでいるということだ。

それを感じ取ることができる人間にしか感じられぬということでもある。

住む場所や、肩書き、貧富の如何で幸不幸が決まるなどと思い込んで、汲々とそれだけに向かう生き方は浅はかだ。

この飛島の美しさはどうだ。まるで花々に囲まれた極楽のようではないか。

しかも、船が様々な地方から新しい生き方や品物を運んでくる。

それをうまく選り分けながら島の生活が回っている。

それは、決して不便で孤立した小さな世間ではないということだ」

この飛島で三日間の風待をした。

四日目の朝、やっとのことで海も凪ぎはじめたので出港した。この先、男鹿の半島を躱して米代川河口の野代（能代）を目指すのだ。

真艫の風に送られ、野代湊に滑り込んだのはまる二日後だった。

ここまで運んでくれた船は、後日、出羽の杉材を積んで酒田へ向かうというので懇ろにお礼を述べて二人は船を下りた。

いよいよ目的の地、津軽に近づいた。

「ここからは海伝いに三日も歩けば、津軽西浜の鯵ヶ沢に着きます」

二階堂は津軽が目前に迫ったことに喜びを隠せないようだ。

「いよいよだな」

時頼もこれまでの長旅を振り返っている。

ただ、唐糸のことが澱のように心の片隅に沈殿し続けてはいるが、幕府の執事、若江から直に事の顛末を聞いて以来、それを口に出すことはなかった。

「徒歩にせよ船にせよ、津軽の藤崎を目指すのに、まずどこへ向かうかだ。

鯵ヶ沢湊に入るか十三湊に入るかということだ」

時頼は逸る気持ちを抑えるように慎重な口調だ。

「風が悪くなければ、明朝鯵ヶ沢への船が出るということです」

次の船を探し当てた二階堂は喜び勇んで駆け込んできた。

四　鎮守再興

（一）堂宇退廃

出羽の野代（能代）から津軽の岩崎まで、さらに岩崎から鰺ケ沢まではそれぞれ荷積み船に乗り継ぎながら北上した。

出羽の八森という漁村の沖を過ぎると津軽の黒崎の小さな岬が見えてくる。陸では湾曲した海沿いの細い道が北へ向かって続くが、船はそれにお構いなしで、海の上を真っ直ぐに進むので、風さえ悪くなければ遥かに早くて便利だ。

船中で、時頼と二階堂は鰺ケ沢から目的の地藤崎までの道筋を分別し合った。

鰺ケ沢から陸路で向かうか、十三湊まで船で進んでそこから川舟で大川（岩木川）を遡るかだ。

船頭は十三湊からの川舟が楽だというので、鰺ケ沢でひとまず上陸の後、次の船を捜して海路を北上することに決めた。

その十三湊は当時既に蝦夷地（北海道）との往来も始まっていて、目下、町割や湊の整備にも取りかかり、鰺ケ沢はもとより野代や酒田の方との交流も始まっているということだ。

鯵ヶ沢は天然の入江だ。

西にある弁天崎(べんてんざき)が北へ張りだしているので波風が直(じか)に当たらない。

陸の小高い所からは日和見ができるのも幸いで、海と空との間にでんと構える岩木山(いわきさん)に見守られているような湊だ。この鯵ヶ沢は海に沿って家が建ち並ぶ細長い町並みだ。道の脇はすぐに小高い丘になって、海と平行してどこまでも続く。この丘は、大昔に海の底だったものが持ち上がって陸になったと言い伝えられている。

鯵ヶ沢は漁師町なので活気があり、獲れた魚を求めて方々から人や荷馬(にうま)が集まる。

北へ向かって七里ほどの砂浜が続き、その先にあるのが十三湊だ。

船から陸を眺めると崖の中腹辺りにはお社の上棟(うわむね)らしいものが見え隠れする。船から下りた主従二人は、まず無事到着のご挨拶と、今後の旅の安全を祈願するためにその神社へお詣りに向かった。

太古からと思われる太い松や杉の巨木が石段に沿って神々しいほど真っ直ぐに伸びている。

社殿まで上る石段も四角に切りそろえられた石ではなく、丸みを帯びた自然石を器用に並べただけの素朴なものだ。

所々には巨木の走り根も姿を現して、上るのには恰好の足場になっている。

二人は足のつき場所を一つ一つ確かめながら境内まで上り詰めた。

海は西から東の方角まで一望のもとに開けている。

北へ目をやると、海の遥か彼方にはうっすらと青みがかった陸地が見える。

それが蝦夷地だという。そこから目を左方へ転ずると海の上には大小二つの島も見える。

蝦夷地の離れ小島なのだろう。

この広大な海を渡り歩く船乗りたちにとって、このお社は航海の安全や大漁を祈るのに
は都合の良い場所にあり、海上からでも遙拝という形で手を合わすことができる。

お社には古い社額が懸かっており、文字はひどく薄れてはいるものの白八幡宮と読める。

二人はすぐに鎌倉の鶴岡八幡宮を懐かしく思い出した。

「白八幡宮とは珍しい名前だ」

と時頼が不思議そうに社額を見上げて言った。

「宇佐や鎌倉など、神社名の上に地名を配した神社はありますが、ここは少し趣が違う
ようですね。

後で土地の者にでも訳を訊いてみましょうか」

と二階堂が応えた。

二人は明神鳥居をくぐってゆっくり参拝を済まし、あらためて堂宇を見回りながら、時
頼は少し不満げな様子で立ち止まった。

流造の堂宇が余りにも廃れているのだ。

「いつの頃からとも思えないような茅葺の屋根はほとんど苔むしている。

それに、屋根のそちこちから古びた茅が崩れ落ちているではないか。

残った部分には背丈の高い草や庭常の木までも生えてまるで茅屋だな。

濡れ縁の簀は強い海風に晒されたためか、木口はささくれだち、木材そのものが朽ちて抜け落ちた部分もある。

正面の屋根を支える柱は急いで根継ぎでもしなければ、今年の冬の雪には保つまい。

なぜ、こうも廃れるままにしているのか」

時頼は少し呆れた顔つきで呟いた。

「少し話を訊きたい。

この神社の神主か宮守を呼んでくれぬか」

時頼は二階堂を境内の下まで走らせた。

少し経って、三人の土地の男が二階堂の後について境内まで息せき切って上って来た。

「この神社には神主様は居りません。

村人の何人かが代表になって守っています」とのこと。

男は相手が見ず知らずの旅の僧とみるや、神社の縁起などについて俄覚えのことを滔々と語り始めた。

この社は大同二年、平城天皇の御代、坂上田村麻呂公が蝦夷征討の祈願所として創建したこと。神社の名前の由来は田村麻呂公が白旗八旒（白い旗を八本）を奉納したことにより「白八幡宮」となったこと。「田村麻呂公腰掛石」が境内に今もあるなどと得意げだ。

「相分かった。平安の初め頃からのお社なのだな。

それほどの縁起のある神社が甚だしく毀たれている。

それはまたどうしてじゃ。

何か訳でもあるなら言うがよい」

と時頼が口を開いた。

（二）不埒横行

三人の男は、坊主が神社のことを問うことが腑に落ちないらしく、互いに怪訝そうに顔を見合わせた。

一方では、この神社が置かれた近頃の状を見ず知らずの旅の者に話して良いものかどうか、少し躊躇うような素振りもみえる。

「何か、言いにくいことでもあるのか。

其の方たちの顔には何やら懸念の色が見えるが。此の地を治める得宗の役人どもに何か無理無体でもあったか」

時頼の気迫に気圧されたのか、一人が訥々と話し始めた。

「いえ、そのようなことはありません。むしろ得宗領のお役人のお陰で世の中に一本筋が通るようになりました。それまで頻繁にあったつまらぬ揉めごとも少なくなったのは有り難いことです。ところが、それとは別に村の中で新たな諍いが次々に起こって困っています。親しかった人々の間にも知らぬ間に波風が立つようになってしまいました」

「何か、不心得者でも世間を掻き回しているようなことでもあるのか」

時頼のあまりにも直截な問いかけに、男は有り体を立板に水のように語り出した。

「はい。まさに、そのことです。村の中を纏めるような素振りで立ち回る者が出てきたことです。そのことは決して悪いことではないのですが、どうも調子が良すぎます。純朴な村人は人を疑わないということを逆手に取ったような悪態です。初めはその甘言や大口を信用しましたが、気がついてみると胡散臭いことでした。先に立って威張りたいこと、自分の商いをうまく回したいという思惑だけでした。本人は取り繕った積もりでも、つじつまの合わぬこと、その場しのぎのことなど、あまりにも身勝手なもの言いに、少しでも異を唱えると揉めごとが噴出します。

いつの間にか悪者に仕立て上げられ、村人の反目を買うように仕組まれます。

ならば、せめて関わりを持つまいとするが、それも許されることはありません。

それで村人は一つに纏まるどころか、二つにも三つにも分かれてしまいました。

僅かな人物の損得や見栄が村全体をすっかり荒（すさ）んだものにしてしまったのです」

黙って聞いていた時頼は苦々しそうに口を開いた。

「うむ、やはりそうであったか。

政（まつりごと）とは別の次元で不埒（ふらち）が横行していたということだな。

しかも真面目な生活の場で善意を装った企（たくら）みを演じられるのは適（かな）わぬことだ。

不届き者は常に善意の衣を纏（まと）って跋扈（ばっこ）するので大抵は騙（だま）されてしまう。

そこでは思惑だけが先行し、是々非々（ぜぜひひ）の判断などは入り込む余地がない。

不埒（ふらち）の輩がどのような美辞麗句（びじれいく）を並べ立てようとも、そこに大義（たいぎ）はないのだ」

男は、時頼の話に胸がすく思いだが、表情は相変わらず暗い。そもそも、主従を旅の僧とみて、この地とは関わりのない人物であることに安堵し、これまで積もりに積もった気持ちを披瀝（ひれき）したのであろう。

言い終わっても、何か後ろめたいような表情で俯（うつむ）いているのは、昔から人の悪口、陰口をきつく諌（いさ）められて育った人物なのだ。今口にしたことは中傷ではないにもかかわらず、やはり忸怩（じくじ）たるものを感じているのはその心根が真っ当な証拠だ。

男は気を取り直して続ける。

「かつてはお詣りする人々が懸命に神社を護ってきました。

掃除、草むしり、落ち葉掃き、雪掻きなどです。

誰に言われるまでもなくそれぞれが神様にお仕えする気持ちでやってました。

お堂が廃れるのを見かねて何度も普請（ふしん）の話を出しました。

ここには萱（かや）を刈る人も萱を葺（ふ）く人もたくさん居ます。

でも、それを言い出すとそのたびに思いもよらぬ諍（いさか）いが起きます。

それが辛くて、つい沙汰止（さたや）みになってしまいます。

先立（さきだち）と自任する人物は祭礼の時など、人目に付くときには、我こそはと言わんばかりにあれこれ指図をします。

ただ、困るのは、先に立ちたいだけで中身が伴いません。

同じような思惑の人物と張り合って、神社護持どころではないのです。

我執（がしゅう）を通さんがためには、人々を巻き込んで反目させるように騒ぎ立てます。

終いには、神社に勝手に手を加えたら罰が当たるなどと嘯（うそぶ）く始末。

それゆえ、誰もなかなか手も出せず今に至ってしまったのです。

私どもも神社が廃れていくことを何よりも気に病んでおりました」

と嘆く。

言っている本人はよほど穏やかに話したつもりだろうが、気持ちが治まらないらしく、上気（じょうき）した面構（つらがま）えになっている。

「村人のために采配を振るうはずの者が、己の思惑のために采配を振るうという不始末がもとで人心が乱れきっているということだな。間違いはあるまい。

人望のない者、徳のない者がその任に当たることの不幸がそれだ。

ひたすら人望を得たいがために、卑しいはしゃぎかたをするものだ。

正義や道義がないから、結局は道徳に反する禁（きん）じ手（て）、即ち、卑怯（ひきょう）な手練手管（てれんてくだ）を弄（ろう）してでも我執を遂げようとする。

それこそが分（ぶ）を弁（わきま）えない目立ちたがり屋が陥る姿なのだ。

上に立つ筈の者が勝手な大口（おおくち）を叩いて、素朴な民を言い含めるのはよくあることだ。

其方等はそのような妄言（もうげん）に玩（もてあそ）ばれているようじゃ」

男たちは、皆まで言わぬうちにすっかり事情を見透かされていることに唖然（あぜん）とした。

（三）時頼講話

時頼は二階堂に向かって、真顔（まがお）で語りかけた。

「ここまで来て、初めて廻国の最大の眼目に出くわしたということじゃ。

得宗の被官どもに問題がなかったのは一安心だが、村を牛耳（ぎゅうじ）る者の不埒は是非とも正さねばなるまい。

堂宇（どうう）の衰退もさることながら、誹謗中傷（ひぼうちゅうしょう）など汚い手を使って村人に反目を強いたり、気持ちをかき乱したりする不心得者を糺（ただ）さぬまま、どんなに政の仕組みを正しても民の平安は絵空事（えそらごと）だ。

諄（くど）いようだが、民の気持ちをかき乱しているのはことも有ろうにこれもまた不埒な民だ。

残念なことに村人はその不埒と対峙（たいじ）するほどの気力も能力も持たぬということだ。

それは村人が至らないからではなく、誠実を旨（むね）として生きてきた証（あかし）なのだ。

それ故に不埒の主は高（たか）を括（くく）って増長し、村人の平安をかき乱す。

世直しの基（もとい）はここにあるとは思わぬか。

これこそが今回の廻国の最大の眼目（がんもく）ではないのか」

二階堂は思いもよらなかったことの指摘に膝（ひざ）を叩いた。

聞いていた男たちの目がやっと輝き始めた。

僧侶の言葉は自分たちの思いをきちんと整理して語ってくれているように思われ、それへの賛嘆（さんたん）のようにも受け取れる。

もっと話を聞きたいと言わんばかりに身を乗り出してくる。

時頼は話を続けざるを得なくなった。そもそも、この男たちを呼びつけたのは自分なのだ。話して聞かせない訳にはいかなくなってしまった。


「さてさて、人には二とおりの恥というものがある。

一つは自分の良心に照らして自ら感じる恥。

もう一つは、卑しい思惑がゆえに人には気取られまいとするが、それが露見して感ずる恥。

恥に違いはないと思うだろうが、明らかな違いがある。

恥の意識の出方が違うということだ。

一つ目は間違いに気づいて、自ら直そうとする恥だ。自分の良心に照らしての恥だからそれは堂々たるもの。自ら正して何ら恥ずべきことはなく、むしろ向上を生む余地のある恥だ。

問題は二つ目の恥だ。

それは卑しい思惑が外れて人に後ろ指をさされるような恥だから質が悪い。

隠していたのにばれた恥だ。

他人にそれを気取られるのは甚だ恥ずかしく後ろめたいものだ。

特に人品の卑しい者は、人前に己の非を晒すことには耐えられないようだ。

だから、虚言（そらごと）を繰り返したり嘯（うそぶ）いたりして己の非を糊塗（こと）しようとする。

それでも足りなければ讒言（ざんげん）を振りまいて相手を貶（おとし）め、自らの非を庇（かば）おうとする。

事の軽重はあれ、世間にはこの程度で蠢（うごめ）いている輩がいるものだ。

嫉（ねた）みや僻（ひが）みから始まる不埒の根本（こんぽん）はこの二つ目にある。

しかも、稀代（きたい）なことにその手を使う輩は何をおいても人の先に立ちたがる」


二階堂は先程から傍（かたわ）らで面白（おもしろ）そうに話のやり取りを聞いている。

神社の境内で旅の僧侶が人の生き様や神社護持について、土地の者を相手に説教をしている姿はめったにないことだ。

話に夢中になっている時頼公とそれに聞き惚（ほ）れている男たち、彼らはそんなことはおくびにも感じていないようだ。

「それでは我らはこの際どうすればよろしいのでしょうか」

男たちはそこを聞きたいのだ。

二階堂は、

「いっそのこと、その先立（さきだち）とやらを呼びつけて叱りつけましょうか」

と口を挟んだ。

時頼は、

「意味のないことじゃ。

その者は己の思惑という腹の虫に従うだけで精一杯なのだ。

お天道様（てんとうさま）に照らして事を断ずることなどできぬ下賤（げせん）な輩だ。

ただ叱られたことを根に持って余計に民をかき乱すこと必定（ひつじょう）じゃ。

信仰の場にまでそのような輩が入り込んで跳梁跋扈（ちょうりょうばっこ）するのは迷惑千万」

時頼の意見は厳しい。

なおも続けて、

「そもそも、神社護持を担うほどの者は、真っ当で敬神（けいしん）の念に長（た）けた者でなければならぬ。それは寺院でも同じことだ。

世間で言う本当の長者（ちょうじゃ）とは弁が立ったり、声が大きく目立つ者をいうのではない。

たった一つ、性根（しょうね）が誠実で人望あるか否かにかかっているのだ」

憤（いきどお）ろしい気持ちに駆られた時頼は多弁（たべん）だ。

「神社を湧き水の場に譬えるのは不遜（ふそん）かも知れぬが、人は清水の湧き出る水源はどんなに小さくとも清らかに保とうとする。

それは、そこに人の力を超えたものの存在を感ずるからだ。

寺社（じしゃ）の堂宇に至ってはなおさらのことだとは思わぬか。

悩みを抱え、助けを願う者は、神様や仏様に縋（すが）りたくて詣（もう）でるのだ。

その気持ちを意に介さぬ者は相当な罰当たりだ。

予は禅宗の坊主だが、神社がかくも粗末にされているのを見るのは忍び難い。

ところで、ここには本当に神主はおらぬのか」

時頼の鋭い言葉に男達は目を伏せてたじろぐばかり。やっとのことで、

「神主様は昔からこの神社には居りませぬ。

この地に住む者や漁師どもが銘々お詣りに来て護（まも）っているだけで……」

時頼はそれを聞いて、

「堂宇があり、そこへ詣でる者がいる。

そこに神社や寺院の存在意義がある。

不届き者が神社を我執のために利用せぬよう、これからは宮守（みやもり）か神主を置くことだ。

参詣人の心に沿うてあげるのも神主や僧侶の務めなのじゃ。

参詣する者がいながら、崩れた堂宇をほったらかすとは罰当たりなことだ」

「自分らもそう思います」

「そうであろう。しかるに、土地の先立ともあろう者が、そのような民の信心に添えないばかりか、愚（ぐ）にもつかない勝手な雑言（ぞうごん）を口走り、駄弁（だべん）を弄して民に指図をするなど笑止（しょうし）千万（せんばん）なことだ。

構うことはない、皆で普請（ふしん）に取り掛かれ。

神主が居ないために信仰の場が枉げられては適わぬ。必要なら神主として予の御家人を差し向けてもよい。民の祈りの場を粗末にすることは断じて許さぬ！」

と言い切って、時頼はハッと口をつぐんだ。

すぐ二階堂に目配せをし、語るに落ちたと言わんばかりに目を伏せた。

幸い、男たちは時頼の怒りに乗じた迂闊な失言には気付いていない。

ということは、その段階ではまだ主従二人の身の上は気取られていないということだ。

それにしても、今の話は、神社云々というよりも、似非先立どもが、世間を牛耳る悪態にどう対処するかという話題になってしまったようだ。

時頼にとっては、御成敗式目の第一条、神仏を崇敬することを手本に、土地の民が穏やかに過ごすためにどうあらねばならぬかということが大きな問題なのだ。

三人の男たちは時頼の炯眼に魅せられて身を乗り出す。

時頼はここまで神社仏閣を粗末にしてはならぬということを諄々と説いてきた。それは民の心の拠り所を失ってはならぬからだ。

確かに、神仏に縋ることで、神仏がそれを叶えてくれるということもあろう。しかし、本当の意味で生きるための信仰を考えるとき、それは一方的な願いだけでは済まぬということを分からせたいのだ。

大事なことは祈る側の覚悟だ。

辛いこと、困ったことを何とか乗り越えるために自分でも頑張ってみようという気持ちを持つことが祈りの前提なのだ。

幼い時頼にこれを教えたのは母（松下の禅尼）だった。

子どもの頃、兄の経時（つねとき）と一緒に母に連れられて鶴岡八幡宮へ詣でた。そのときの母の教えが今も心に残っている。

母は、まだ幼い兄の経時と時頼を拝殿（はいでん）の前に連れ出し、

「ただひたすら神様に願っても詮（せん）のないことじゃ。

先ずは己の願いが正しいかどうかを考えてみなされ。

それで良しとならば、それを神様にご覧に入れることじゃ。

神様はお願いの中身と願う者の気持ちを見ておいでなのじゃ」

と諭（さと）してくださった。

神仏の前で己を見つめ、神仏に対して忸怩（じくじ）たるものがないことを確かめ、然る後に力を貸して頂き、そして生きる道筋を示して貰うのが祈りの本当の姿なのだ。

卑しいことを目論む者がそれの達成のために神仏に祈っても、それは祈りとはいえない。

神社仏閣を蔑（ないがし）ろにしておくということは、信仰の礎（いしずえ）を毀損（きそん）することだということを分から

せたいのだ。

もう一つ、時頼にはこの際是非とも伝えておきたいことがあった。

それは、古来、人々が不正を正すために様々なしきたりを作り、それに違背(いはい)する者を戒めてきたことが今に至って脅(おびや)かされているという思いだ。

陰で不埒な生き方を演ずる者、またそれに追随する者が跋扈することで、親から子、子から孫へと代々受け継がれてきた正直や誠実などの良心が失われるという危惧(きぐ)だ。

人が自らを律する心は長い時代にわたって親や世間の躾によって営々と育(はぐく)まれてきたものだ。

しかるに、自分勝手で下賤な振る舞いは疫病(えきびょう)のように一気に蔓延し、世間、一族、家族の間の道義をかき乱す。それは組織の箍(たが)が外れると一気に締まりやまとまりが失われてしまうのに似ている。

不埒が横行する中で育った子供はその後どう仕上がっていくのか。そしてまた、その子々孫々にどのように伝わっていくのか。これは一つの家の問題ではなく、世の中の問題でもあるのだ。

不埒は本来の厳しい躾とは無縁ゆえ、誰もが簡単に真似をし、それが習(なら)い性(せい)となって代々受け継がれる。そこには禁じ手を平気で使う不良の徒が蔓延しかねないという危険を孕（はら）む。

いい加減な世渡りの術が無分別に繰り返されたら世の中はどうなるというのか。

時頼は、これこそが世の乱れの元凶として許し難いことだと思っている。

「間違いのないように言っておくが、予は古来の仕来りなどについて、それを寸分違（すんぶんたが）わずそれをひたすら敬えと言っているのではない。

仕来りとは時とともに、時代とともに新しいものを取り込みながら鑑（かがみ）の役割を担っていくものだ。だらしなさ、不謹慎などはどのように姿を変えようとも正当化されることはなく、悪例にはなり得ても規範に入り込む余地などあってはならぬのだ」

時頼が恐れるのは、不正が不正として認識されなくなる世の中だ。

（四）被官躍然（ひかんやくぜん）

「二階堂、この地の被官（ひかん）たちを明日ここへ集めよ」

と時頼が耳打ちした。

「ここも我が北条得宗領の一部、津軽の鼻和郡（はなわのこおり）の西浜（にしはま）じゃ。

政（まつりごと）の不都合は人の交代や手筈（てはず）の手直しで活（い）かすことができる。

しかるに、人の信心に関わることはそうもゆかぬ。

日頃、窮乏に耐えて暮らす者が縋るのは祈りの場だ。

民が最も恐れるのは天変地異による飢饉や過神などによる疫病の蔓延だ。

その祈りの場を壊れるままに放っておくことは許されぬ。

費えの算段も含めて申しつけたい儀がある」

藤崎への気持ちも逸るが、神社の再興を等閑にはできなかった。

境内での語らいがひとまず終わったところで、時頼は男たちに言った。

「儂らは旅の途中、この湊に着いて神社に詣でたものだ。

神社のあまりの廃れように、坊主の身ながら心を痛めたままでのこと。

其方らに説教まがいのことを言うつもりなどはなかったのだが、ついつい余計な事まで語ってしまったようで相済まなかった。

明日にはこの地で人と会うことになっておる。

ついては、どこぞ、宿でもあったら案内してはくれぬか」

「それならお安いご用です。

是非、わが家へおいでください。このお宮のすぐ下が自分の家です。

粗末ではありますが雨露を凌ぐことはできます。

ただ、ご覧のとおり目と鼻の先は道一本隔ててすぐ海です。

波の音が喧しいのはお気の毒ですが……。

直ぐにも家の中に蓬でも燻べて夜蚊の入らぬようにしておきましょう」

と年嵩の男が申し出た。

主従はその家に厄介になることに決めた。

神社から下りる石段の途中で件の男が遠慮がちに口を開いた。

「お坊様、今しがたお話し下さったようなお説教を、今夜も私の家でお話しいただければ有り難いのですが……。是非、他の村人たちにも聞かせたいと思いますので」

とのこと。

時頼主従は快諾してその家に脛巾を脱いだ。

時頼も二階堂も先程来、男たちの話を聞いて、しっくりしない気持ちを抱いていた。この湊には純朴な人々がたくさんいるようだが、その割には晴れ晴れとした気持ちで暮らしているようには見えないのが気に掛かっている。

今宵の語らいが、この地（津軽の西浜）の人々の琴線に触れ、勇気づけられるような話にでもなればと思った。

男の家は山から水を引いているらしく、樋から冷たい水が勢いよく流れ出て大きな水瓶に溜められている。

男の妻は水屋（お勝手）で魚を捌いている。

山の水で体を拭き終わった時頼は物珍しそうに覗き込んだ。

魚体は一尺ほどだが、黒っぽい魚で頭も目も口も大きく怖そうな面構えだ。

聞くと鰧だという。

背鰭にはたくさんの鋭い棘がある。

妻はそれをよく切れそうな包丁で一気に削ぎ落としてホッと一息ついた。

「この魚は白身でとても旨いのですが、毎年何人もの大男が泣かされます。

海の砂地や、磯菜（海藻）のなかに隠れているので、知らずに素足のまま踏みつけてしまうのです。

棘の毒が強いので、転げ回るほど苦しみます」

妻が慎重だったのはそのためだったのだ。

そんな話を聞きながら、物珍しそうに覗き込んでいると二階堂も話に加わった。

「おや、この魚、飛島でも野代でも見たような気がします。

家々の入り口に吊されてカラカラに干からびていたのがこの魚です。

他に、針がいっぱいのフグもぶら下がってましたが……。

まさか、干して食う訳でもないだろうに」

「それは魔除けです。海沿いの村々ではどこでもやります。

たいていは春に吊すのですが、そのままいつまでも吊している家もあります。この黱の面構えと棘の怖さで疫病神が入って来ないといわれます」

と旦那が笑って説明してくれた。

妻は何匹も捌かねばならず手を緩めない。

その日の晩は近くの人々も集まって来て、夜遅くまでお宮のことなどについて語り合い、人々は胸の閊(つか)えがとれたように喜んで帰っていった。

「此の地の人々は結構明るく、屈託(くったく)のない話しぶりだったな。久しぶりに民と胸襟(きょうきん)を開いて語り合えたよ。易経(えききょう)には『同気相求(どうきあいもと)む』という言葉がある。今宵はまさにそれだったな。

昼に会った時は何やら陰気くさくて気に掛かっていたのだが。

この地の先に立つ者の歪(ゆが)んだ性根(しょうね)ゆえ、何かにつけ身構えることが習(なら)い性(せい)になっていたのは気の毒だった。

旅をしていても、通り一遍ではなかなか気づかぬことが多いものだが、此処でのように膝を交えての話ができたのは目から鱗が落ちたようで有り難いことだ。

まあ、ここでは神社の普請(ふしん)に精を出して皆の気持ちを励ますことが一番だ」

時頼主従は神社再興への意気込みを確かめ合った。

翌朝、時頼はゆっくり目を覚ました。

起き上がる前に大きく手足を伸ばすと、前夜の男たちとの語らいが心地よく蘇った。

「男たちは夜遅くまで語り合って、気持ちが安らいだようだ。

さっぱりした面持で帰って行ったのはよかった。

あのように朴訥で優しい心根はどのようにして培われたものか。

自分を律して生きる術をどこで、何によって身につけたものか。

それは父祖伝来の教えと親の必死な躾によるものなのだろう。

古くから伝わったこの土地のしきたりや風土の力かも知れぬ。

それらは神仏の前で祈りの形として高められていく。

そして、心のあり方、行いのし方として体に取り込まれていく。

それを受け継いで今に至っているのは尊いことだ。

ところが、現実には、村人の良心を逆なでするような不埒が横行している。

村人は、生き延びるために、互いに助け合うことを前提にしてきた。

そこには村人同士の胸襟を開いた付き合いが欠かせなかった。

そこへ、個人の思惑を抱えた不遜な輩らが大口を叩いて入り込む。

営々と築かれてきた互助の心と仕組みは蔑ろにされるまま。

善良な村人にはそれに対峙するほどの気組ができているはずもない。

悪態をつかれてもつい本心を言えぬまま率直な応酬を控えてしまう。

優しさとか我慢という美徳が肝心なところで手枷足枷となってしまう。

その憤ろしさを暈かして暮らすことが辛いのだ。

とすれば、我らの話を聞きたかったのは、その対処の仕方だったのだ。

残念なことに、今の己には心積もりは語れても、実践の手だては語れなかった。

それに直ちに応えられないのは我が身の未熟だ」

時頼は土地の者どもを慈しむようにあれこれと思いを巡らしている。


「殿、海が綺麗です。

少し歩いてみませんか。

浜からは漁師たちの声も聞こえます」

二階堂の声だ。

とっくに起きて海を眺めているようだ。

朝餉まではまだ間がありそうなので、二人は海辺へ出てみた。

西の弁天崎まで歩くうちに、次々と漁を終えた舟が艪を軋ませながら入江へ帰って来る。

「おう、活気があるのう。これぞ帰帆の景。

夜明け前から漁に出ていたものか。

漁師の面構えは凜々しいのう」

浜では女たちが総出で魚の選り分けや荷揚げに忙しく立ち回る。

「今日は大漁のようじゃな。

鰈か、平目か。

青いのは鰯か。

その磯菜は何じゃ」

「これは天草。

熱湯で茹でて上澄みを固まらせると心太になる」

浜の女はぶっきらぼうだがにこにこ教えてくれた。

潮の香りが懐かしい。二人は鎌倉の稲村ヶ崎や由比ヶ浜を思い起こして、少し望郷の念を感じているようだ。

そこへ遠くから何か叫びながら男が駆けてくる。

宿を貸してくれた男だ。

「お坊様方、お坊様方大変です。

今しがた、馬に乗った侍が四、五人やって来ました。

二人連れは何処かと聞くので、今出掛けられましたと答えました。するると、馬を下に繋いだままお宮に駆け上がって行きました。何やら腑に落ちませんし、不安なので急ぎ走って参りました」

と慌てた様子だ。

二階堂は、

「おう、そうであったか。実は、昨日のうちに儂が沙汰をしておいたのだ。其の方らへの説明が足りなかったばかりに心配をかけた。直ぐ神社へ向かうゆえ、案ずるな」

と言って、急いでとって返した。

男にしてみれば、何ゆえに武者が駆けつけたものか気掛かりで、自分も時頼らと一緒にお宮に駆け上がろうとする。

二階堂は慌てて差し止め、

「其方は下で待っているがよい。手間のかかることではないゆえ心配は要らぬ」

と言い置いて、二人は石段を上った。

時頼は境内で待っていた侍たちの前に進み出て、

「余は鎌倉最明寺の覚了房道崇である。

急な呼び立てで相済まぬが、頼みの儀があってのことだ」

間髪を入れず二階堂が言葉を続けた。

「最明寺殿とは出家後の御法名で、実は鎌倉幕府第五代執権北条時頼公である。

驚いたかと思うが、故あっての忍びの旅、許されよ」

一行は狐狸にでもつままれたような面持ちだ。

頭の武者がはたと気付いたのか、地べたに両の手をつき、跪居の姿勢で畏まったのをみて、供の者どももすかさずそれに倣って威儀を正した。

「私めは此の地の得宗領の御内人、松宮俊洋種作と申す者にござります。殿の御来駕とは夢にも存じ上げませず、お迎えの準備どころか、お呼び出しを賜りましても半信半疑のまま参上仕りましたること、誠に面目なく身の置き所もないような次第にござりまする」

その物腰からは、まるで生涯またとないような大失態を犯してしまったというような憔悴の気持ちが読み取れる。

松宮にしてみればこれまさに青天の霹靂。

幕府からはもちろん、他郷の得宗領の被官らからも時頼公廻国のことについては何一つ聞かされてはいなかったのだ。

「そのように畏(かしこ)まらずともよい。

実は、其方に願いの儀があって呼んだものだ。

この宮の堂宇のことだ。

かように毀(こぼ)たれたままにしておくのはもっての外。

民の間に悶着(もんちゃく)があって先へ進まぬようだ。

民を督励(とくれい)し、再建を果たしてはくれまいか」

松宮たちは呼ばれた事の次第を知って安堵の胸をなでおろした。

「得宗様の謦咳(けいがい)に接し、我ら身に余る光栄に存ずる次第にござりまする。

渾身の力をもって事に当たりますれば、ご安堵を賜りますよう。

これに控え居りますは田浦徹升(たうらてっしょう)と尾崎暁央(おざきあきひさ)、甲嶋竜一(こうしまりゅういち)と申す家来どもにございます。

いずれもこの鯵ヶ沢に生まれ育った剛の者にて、代々にわたってこの社を崇め奉ってきた者どもにござりますれば、多くの郎等(ろうとう)どもをして、万事遺漏のなきよう取り計らわせる所存にござりまする」

と言上仕(ごんじょうつかまつ)った。

　余念もなく雲の上のお方を前にして、三人ともに顔を伏せたまま、過度の緊張の色をかくせない。

「この者どもが大勢の民を差配し、主君の御意（ぎょい）に適（かな）いますよう、手配が整い次第直ぐにも取り掛かる所存にござりまする」

と松宮は低頭（ていとう）のまま言上を続けた。

「おう、頼もしき武者ばらぞ。

田浦、尾崎、甲嶋とやら、松宮殿を扶（たす）けて励んでくれ」

と時頼も嬉しそうに応じた。

「材木の檜葉（ひば）材は滝淵元也（たきぶちもとや）なる宮大工の名匠に吟味させたいと存じます。

硬い材質の檜葉の中でも、とりわけ山の厳しい北斜面に育った年輪の詰まったものを選び、伐採後に何年も寝かした木の目利きは滝淵を置いて他に勝る者はおりません」

田浦は両手をついたまま言上に及んだ。渾身（こんしん）の知恵を絞って事に当たろうとする若武者たちは頼もしく、その日から、時頼と二階堂は被官たちを鼓舞（こぶ）し、一緒になって堂宇の大普請（おおぶしん）の手筈（てはず）を共に考え合った。

その間、四、五日を要してようやく作業に取りかかる段取りが整った。

いよいよ作業に取り掛かろうと意気込んでいるところに、数人の男がやって来た。

開口一番、

「この宮は俺らが守ってきた宮だ。

どこの誰かは知らぬが、勝手に修繕するなど筋違いではないか」

件(くだん)の、先立(さきだち)になっているつもりの男だ。

とっさに、得宗の家来どもは無礼を許さぬと色めきたったが、二階堂はそれを諫めて、

「お前は誰だ。

何の言(い)い種(ぐさ)だ。

俺らが守ってきたと聞こえたが……。

何を守ってきたのじゃ。

守ってきたなら、我らのこの作業も要らぬはずだが」

先立に言い含められて一緒にやって来た男どもは、侍たちの存在に気付くや否や、事の次第を敏感に感じ取って逃げ腰になっている。ところが、先立とやらは引くに引けない。

「さっさと、立ち去るが良い」

被官の若い三人が睨(ね)め回(まわ)したので、これまでとは勝手が違ったと見えてそそくさと境内から逃げ出した。

「何と、目つきの定まらない者どもだったのう。

このような胡乱(うろん)の者の跋扈(ばっこ)を許すことで世間が疲弊するのだ」

と時頼は苦々しそうに呟いた。

藤崎を目前に、逸(はや)る気持ちを抑えてまで取り組んだのは、奇(く)しくもこの鯵ヶ沢の地で廻

国の大きな柱の一つである信仰の場の確保という場面に遭遇したからだ。村人たちとの語らいがこの再建を後押ししたのは言うまでもない。

この鰺ヶ沢でも、時頼はあくまでも己の素性（すじょう）を明かすことを厭（いと）い、予（あらかじ）め、被官の松宮とその家来たちには、旅の僧を装っての立場であることをきつく言い含めたつもりだ。

ところが、その者たちにすれば世の中を動かす最高の実力者、鎌倉幕府の執権、しかも北条家の得宗様を前にしての緊張は並々ならぬものがあった。

それゆえに、つい「殿」などと口走ること再三。それが土地の者たちにまで素性を知られるきっかけになったのはいかにも当然と言えば当然。

一方、土地の男たちにしても、初めて境内で主従に出会って以来、二人の僧はただならぬお方ではないかということには夙（つと）に気づいていた。

知らず知らず魅了されていく話題や話しぶりにも、世の中を知り尽くした賢者のような識見と品格があった。

何やら高貴なお方が、故あって身をやつして旅を続けているのではと思いながらも、敢えてそれを問うまでの勇気などはなかった。

村人にとって、旅の僧が北条時頼公だと知った時の驚きと喜びは他に譬えようもなかった。

「堂宇の修繕が終わった暁には、記念に新たな社額（しゃがく）を奉納致したいと存じます。

恐れながら、殿様より揮毫を賜りとうございます」

この地に来訪された証として是が非でも書いて欲しいのだ。

「うむ、それはたやすいことだが、今、儂は出家して坊主の身だ。

禅宗の坊主が神社の社額を書くのには少し異なものがあろう。

どうじゃ、儂の代わりに我が得宗家の御内人の松宮俊洋殿に書いて貰っては」

これには男たちも成るほど、いかにもという面持ちで苦笑しながら頷きあった。

松宮は恐懼の体ながらも、諒承せざるを得なくなった。


神社再興の目処がたったので、いよいよ最終の目的地藤崎へ向かうことになった。

ここでの段取りが決まるまで鯵ヶ沢に数日間滞在した。藤崎への出立を前に、時頼はしみじみと語った。

「今回の旅でこのように満たされた気持ちを味わったのは初めてだ。

かつて執権として政を担ったが、ついぞここまで民と共に励んだことはなかった。

各地方それぞれの民も大方同じような心根で生きているのであろう。

それを皆のお陰で実感し得たのは得難いことであった。

堂宇の廃れなどは手をかければ直ぐにもなおすことが出来る。

しかるに、人の心、身の上についてはそうはゆかぬ。

苦艱（くかん）の民をそのままにしておくことは許されぬことだ。

神仏に縋（すが）る気持ちを抱きながら、夏の暑さ、冬の寒さを厭（いと）わず純朴にお社を守ってきた者たちがいると聞いた。

それは父祖の地が育んだ人間の宝物だ。

そのような純朴な人々を玩（もてあそ）ぶような不逞（ふてい）の輩もいる。

是が非でもそれに惑わされることなく、純朴を頑（かたく）なに貫いて欲しいのだ」

二階堂は黙って聞いていた。

時頼公の正義感は祖父泰時公、母松下の禅尼様譲りの筋金入りであることを頼もしく思った。


出立を前に、主従は普請に取り掛かった本殿に向かってお詣りをし終えた。

大勢の土地の人々がお見送りのために集まっている。

松宮俊洋種作とその家来たちも威儀を正して居並び、低頭の姿勢を崩さない。

時頼は松宮のもとへ近づき、

「後は委細（いさい）宜しく頼む。

折角、馬の準備までしてもらいながら、徒歩（かち）でという我儘（わがまま）を許してくれ。

其方を初め家来たちの心意気、有難く思うぞ」

と、声をかけた。

　そこには得宗と御内人というよりは、立場の違いを超えた真心の交歓というものがあった。主従二人はあらためて皆に別れを告げて、波打ち際の道を東の藤崎へ向けて歩き出した。

　人々も名残惜しそうに後（あと）に続く。

　一人の男が、

「お殿様、お願いがございます。せめて次の宿場まで我らをお供させてください」

と恐る恐る願い出た。

　見ると、宿をしてくれた男と、最初の晩に話を聞きに集まった男ども、それに、又聞きで集まった者どもら大勢が勢いづいている。

　見送りにしては大袈裟なことに皆草鞋（わらじ）を履いている。

「その殊勝な心懸けは有難い。

　だが、我ら主従の旅は見てのとおり、肩書きを捨て人目を忍んでの旅だ。

　折角の馬の準備も断って、このように徒歩にて進むのが我々の流儀じゃ。

　分かってくれ」

と二階堂。

「其方らの気持ちを貰って健脚の糧（かて）にするつもりじゃ」

と時頼もにこやかに続けた。

村外れの水屋の浜という所から先は砂浜の上にそそり立つ断崖絶壁の下を通らねばならない。そこは細い砂地が半里ほども続き、潮の満ち干によっては、打ち寄せる波の合間を縫って渡らねばならない難所だ。

二人は気を引き締めて崖の下の波が打ち寄せる砂地を急ぎ足で渡りはじめた。

男たちがめいめい草鞋を履いて見送りにきたのは、この場所を案じてのことだったのだ。

時頼には、鎌倉を出るときの二人の緊張が嘘のように懐かしく思い出される。

見送りを避け、漢詩をしたためた時の覚悟は今も変わらない。

しかし、今この鯵ヶ沢では、土地の人々との関わり合いが主従二人に忘れかけていた別離の情を思い起こさせた。

これこそが廻国の意義だ。


後日、見事に修復成った神社に集まり、係わった松宮殿をはじめ得宗の被官の方々や土地の有志の人々が肝煎となって、村人に祝い酒や餅を振る舞ってお祝いをした。

その際、松宮殿の発企により、此の度の慶事を白八幡宮の社史として残すことに決めた。

「最明寺時頼公の再建。人皇第八十八代後深草天皇の御宇、康元元年最明寺時頼公諸國行脚の途次、此の地に來り堂宇の痛く退廃せるを惜みて再建せり」というのがそれだ。

　また、其の折に懸案になっていた神主の配置については、それより下ることおよそ三百年後、織田信長の時代になって、「鎌倉幕府の御家人工藤左衛門尉祐経の甥下総尉工藤祐信の子孫第十一代工藤祐行に天正四年、津輕為信公改めて白八幡宮社司を仰付られ云々」（以下略）と記されることになった。

（五）杣人礼讃

　鯵ヶ沢で人々の見送りを受けた二人は浜辺より内陸部へ入った。津軽の人々の祈りの山、岩木山麓を東へ向かうのだ。

「ここで海ともお別れということだな。これまでの道中は船と徒歩の繰り返しだった。考えてみると船も便利なものよのう。北海を滑るように走ってくれたものだ」

　時頼の呟きに応えるように、

「陸の道は曲がりくねってますが、海は真っ直ぐです。『舟盗人を徒歩で追っても間に合わぬ』という諺もあります。船の速さは格別です。

真艫（まとも）の風や潮に押されたら速さは徒歩の何倍にもなります。時化（しけ）さえなかったら船旅が一番です」

二階堂もここまでの船旅を懐かしむかのような眼差しで応ずる。

時頼は旅の妙味をあらためて感じ取っているようだ。

「船には船の良さ、徒歩には徒歩の良さがある。

目指す所に早く着くのは馬が一番だ。

しかるに、どうじゃ、旅を味わうには徒歩に勝るものはあるまい。

見物や分別の時間がしっかり保たれておる。

途中の見聞や出会いが様々なことを考えるきっかけにもなる。

その土地その地方の景色も民の生きざまもさることながら、己の心中を見つめることができるのも旅のお陰だ。

旅は他郷を見、他人と出会う営みではあるが、とどのつまりは、それまで気付かなかった己と出会う営みなのかも知れぬ。

旅とは不思議なものじゃ」

二階堂も頷（うなず）きながら、

「仰せのとおりです。

旅はその都度自分に新たな判断を求めてきます。

思慮分別、喜怒哀楽の質を問いかけてくるようにも思います」
鯵ヶ沢でのお社再建の段取りが整ったことが、二人の気持ちを満たしているようだ。

右に岩木山が見え隠れする間道を東へと向かって進む。
道中、二度ほど川を越えるのには難儀したが、無事に鬼沢という村に辿り着いた。
そこは、鬱蒼とした樹木の間から岩木山を真上に仰ぎ見るような山間の村だ。
「名前からして何やら鬼でも出そうな村だな。
きっと鬼の伝説でも残っているのかも知れぬ」
と時頼が辺りを見回すと、お社の前にある鳥居の笠木の上に小さな鬼がいる。
「二階堂、見たか、やはり鬼じゃ。
こっちを見ているようじゃ」
「あっ、いかにも。
でも、何やら珍妙な恰好で愛嬌があります。
石を彫って作ったもののようです。
おや、鬼なのに角がありません」
二階堂は怪訝そうな顔つきだ。
「うむ、鬼のいる鳥居を見るのは初めてじゃ。

しかも、角のない鬼とは……。

それは悪鬼（あっき）ではないということかも知れぬのう。

この村は鬼に守られていそうな雰囲気の村じゃ」

二人は何だか昔話の中に入り込んだような愉快な気持ちになった。

「今日はこの地へ泊まって、鬼の由来でも聞くとするか。

それにしても村人の姿が見えぬことよ」

「山の方から煙がたなびいています。山焼きかも知れません。

近くまで登って様子を見て参ります」

二階堂は少し急ぎ足で山道を登った。

煙が濃くなり、野火（のび）のように山肌を舐（な）め尽くすような赤い炎も見える。その一帯は焼き畑の最中なのだ。

津軽の鼻和郡（はなわのこおり）と呼ばれるこの辺りは北条得宗家の公文所（くもんじょ）に所属する被官（ひかん）が管理している。

村人は方便（たずき）のために畑仕事の他に、山地を焼き払った後に蕎（そば）、粟（あわ）、稗（ひえ）などの穀物を植えたり、薪にする橅（ぶな）や楢（なら）の木を伐採する杣（そま）の仕事で暮らしている。

夏場は男も女も刈り払いや枝打ちに精を出し、冬場は雪を利用して切り出した木材を輓馬（ばんば）で麓まで下（お）ろす作業で、年がら年中忙しいという。

今は夏。岩木山からの湧き水があちらこちらから湧き出て、岩肌を伝って澄み切った谷川に注ぎ込む。

水辺には白い細かな花をいっぱいつけた青菜が群生し、水のせせらぎには濃い緑の葉っぱが涼やかに白い根を見せながら繁茂している。

通りかかった杣夫に訊くと、白い花は山葵の花、もう一方は水高菜（クレソン）で、どちらも食えるという。

谷川の深みを覗くと、どこまでも透き通って底の岩や石がくっきりと見える。大きな山女や岩魚が悠々と泳いでいて人影を恐れるふうもない。

昔、蝦夷と熾烈な戦を繰り広げた場所とは思えない山里は静寂に包まれている。

目指す藤崎までは多く見てもあと半日もあれば着くはずだ。気持ちに余裕がでたので、今日はこの村に宿をとることにした。

夜は、土地に伝わる鬼の伝説でも聞きながら、山女や岩魚の塩焼きや山菜の漬け物を肴に濁り酒を楽しんだ。

魚の焼きあがる匂いは食欲をそそる。

炭火の爆ぜる音、魚のジュウジュウ焼ける音、芳ばしい香り、囲炉裏に刺した串を回す手際の良さ、どれもこれも無駄がない。長年にわたって染み込んだ手業なのだ。

時頼は焼きたての山女を串のまま渡されてびっくり。

「おう、野趣に満ちた食い方だな」

と言いながら、背鰭のあたりにがぶりと齧りついた。

「食い方はこれが一番のようじゃ。

箸も皿もないのがいい。

食い物にはその食い時と食い方がある。

熱いものは熱いまま、冷たいものは冷たいまま。野趣は野趣なりに。

それが揃って、はじめて至高の美味となる」

二人はすっかり焼きたての山女や岩魚の味に魅せられ、相好を崩している。

すかさず、二階堂が軽口で応じた。

「殿、もう一つございます。

今宵のように、空腹も条件の一つかと」

「うむ、然り。

一本取られたか」

そうこうしているうちに、餅が焦げるような芳ばしい匂いも漂ってきた。

宿の老婆が栃餅を焼いてくれたのだ。

山には栃の巨木がたくさん自生しており、秋になると斜面いっぱいに栃の実を落とす。

栗よりも遥かに大きいその実を、総出で集めるのが秋の大切な仕事の一つだ。

三日三晩沢の冷水に晒して灰汁抜きをし、更にそれを天日に一ヶ月ほど干したものの殻を剥き、もう一度木灰をまぶして二度目の灰汁抜きをする。それを粉にして蒸したものを臼で搗いたのが栃餅だ。

その手間を省くと苦くて食えないとお婆さんが笑った。

茶色みを帯びて粘り気は少ないが、米がほとんどとれないこの辺りの山村ではとても貴重な食糧だ。

囲炉裏で焼きあがった栃餅の灰を手で払って、皿代わりに炉端に広げた大きな朴葉の上に並べてくれた。

それをふうふういいながら食う栃餅の旨さは格別だ。

「素朴な味だが、手間暇をかけた味わいがある。

腹持ちも良さそうじゃ」

と時頼はご満悦だ。

主従は旅の途中、常に鄙の民の生活ぶりを案じ続けて来た。ここでも領民が知恵を絞って不足を補いあいながら生きている。それを確かめ得たことが何にも増して嬉しかった。

翌朝、日中の炎天を避けるために、夜明け少し前に山裾の鬼の村を後にした。

旅慣れた二人は素足に新しい草鞋を履き、足取りも軽く山を下る。

朝日が登る前からもう郭公、不如帰が競うように鳴き始めた。

遠くからは筒鳥（つつどり）らしい太い鳴き声も響く。

道の両側では名前も知らぬたくさんの夏鳥がけたたましく鳴き騒いでいる。

神々しく聳える岩木山を背にして、山間（やまあい）から平野部に向かって進み、途中、二箇所で川を渡った。

特に滔々と流れる大川（おおかわ）（のち岩木川（いわきがわ）と呼ばれる）は渡し舟を用意してもらい、川岸の青女子（あおなご）という村から対岸の板屋野木（いたやのき）という所へ渡った。

ふと見ると土手のほとりに宝量宮（ほうりょうぐう）（のち海童神社（かいどうじんじゃ）と改称）という祠（ほこら）がある。恐らく、舟運（しゅううん）の安全を願って祀（まつ）ったものであろうか。

「この大川も流域の田畑に水をもたらす命の川か。しかも、海との往来を支えてきた川の道ということか」

「はい、この川はたくさんの枝川を集めて海に繋がっているそうです。

海からの荷物は河口の十三湖（じゅうさんこ）で川舟に積み替えられ、この川を遡（さかのぼ）るそうです。

ここ、板屋野木から藤崎、更にはその先の三世寺（さんぜじ）という所まで運ばれ、反対に内陸の産物はこの川を下って十三湊に集められ、そこから各地へ運ばれると聞いております」

「そうであろうなあ。

この地の公文所（くもんじょ）からの文書によると、この大川は暴れ川だとあった。

一回の大雨で何カ所も決壊し、僅かの間に大水で田畑を流されたこと再三とか。

流域ではいつも多くの民の命が奪われたと聞く。

土手の嵩上(かさあ)げも後手(ごて)に回っているのは気が揉(も)める。

川岸のお社がそのつど流されては適(かな)わぬ。

どこぞ、安全な所へ御遷座(ごせんざ)奉(たてまつ)るがよい。

直ぐにも手配をして、夏の大雨、秋の大風に備えさせよ」

と二階堂に指示した。

実際に、時頼公行脚の頃を前後して、北海へ続くこの川は内陸部と海を結ぶ川の道として注目されるようになり、後には河口の十三湊を擁する大動脈として発展することになる。

空は青く、日差しは強い。

岩木山頂に僅かに残っていた斑雪(はだれゆき)（斑(まだら)になって残る雪）もすっかり消えて津軽は緑一色の夏だ。

辺り一面には蝉の声が鳴き競い、津軽の短い夏を生き急いででもいるかのようだ。

二人は見晴らしのよい大川の土手を歩いて、巳(み)の刻(こく)頃（午前十時頃）に目指す藤崎へ入った。

五　唐糸宿運

（一）虚実鳥羽ヶ池

「やっとのことで唐糸御前の故郷についたか。ここが藤崎か。遥かに岩木山の全容を望み、二股になった大川と平川を配した風情は何やら懐かしい。予には以前から見知っていたような風景のように思われてならぬ」

「唐糸様の故郷ゆえ、殿がそのように思し召しになるのはもっともなことかと存じます。私でさえも初めて訪れたような気が致しませぬ」

二階堂は時頼の感慨を慮って応じた。

同時にまた、鎌倉を発ってからの長旅のあれこれを懐かしみながら、恙なく目的の地を踏んだことに言いしれぬ感動を覚えていた。

道は鳥羽ヶ池という大きな溜め池を迂回するように村中へ続く。

水面に夏の日差しが反射して眩しい。

池のほとりでは粗末な着物を纏った女が一人かいがいしく洗濯をしている。

手際よく皀莢（さいかち）の実を揉（も）んで泡立てては、何度も濯（すす）ぎ洗いを繰り返している。

主従はその光景を見やりながら進む。

ところが、奇（く）しくも二人同時にはたと歩を止めた。

二人ともに心によぎるものがあった。

それは洗濯の女に唐糸御前の面影を感じたことだ。

時頼は少し狼狽えながら、

「遠目の見まちがいか。

そもそも、唐糸への思いが募るあまりの幻（まぼろし）か。

あれは、土地の甲斐甲斐しい洗濯女に過ぎまい。

旅中、唐糸のことは片時も忘れることはなかった。

それゆえ、唐糸への思慕の情がそうさせたものか」

と自らを諫（いさ）めようとした。

二階堂も似たような感慨を抱いているようだった。

ここは待ちに待った藤崎の地だ。それゆえに、心に押さえ込んでいた唐糸への思いが一気に吹き出したのかもしれない。

時頼はつとめて冷静を取り戻そうとしている。

昼には少し間があるが宿にあがって長旅の疲れを癒やすこととし、肝心の唐糸のことは明朝から被官の連中に調べさせようとの心積もりだ。

旅装を解き、午後のひとときをゆっくり体を休めた。というよりは、唐糸の問題を遺漏のないように取り計らうために、冷静な分別をする時に充てたというべきか。

これまでの旅では、主従二人の立場を伏せるようにして過ごしてきた。

そうすることで、土地の人々のありのままの暮らしぶりを見ることができた。

各地の御家人、被官らにも敢えて声をかけなかったのはそのためだ。

ここ藤崎でも、旅僧二人が訪れたことは知っても、それが北条時頼公と二階堂行忠であることは知るはずもない。

二人は、然るべき時まで立場を明かす積もりはない。


二人は夕涼みを兼ねて揃って外へ出てみた。

夏祭りなのだろうか。子供らが元気にはしゃいでいる。

「鯵ヶ沢湊でもこの祭を見ました。

燈籠を持ったり担いだりして賑わしています。

笛や太鼓や鉦（かね）のお囃子を奏でて、子供らは大声で門付（かどづ）けしています。

ここでも、年かさの子が幼い子を諭（さと）すように連れながら楽しそうです。

何という行事かは知りませぬが心が和みます」

「全くそのとおりじゃ。

子等はネプタとかネブタとか言って叫んでいなかったか。

夏の夕まぐれ、子等が涼みながら楽しげに門付（かどづ）けをして回る行事は素朴でいい。

この光景を見ただけで、この地の政（まつりごと）と生業（なりわい）の様子が知れようというものだ。

この年は大過なく過ごしているようで何よりのことだ。

もし、今この土地の民が貧窮に瀕（ひん）していたらこうはいくまい。

天災による飢饉や疫病の蔓延など、命からがらという災難に見舞われたら、代々受け継がれ、慣れ親しんだ年中行事どころではあるまい。

ここでは近頃そのような災厄に見舞われていないもののようだ。

子供らの屈託（くったく）のない仕草にそれを見てとれるではないか。

わが得宗領の被官からも災厄の知らせは入っておらぬ」

時頼は目を細めて子供らの行事を眺め、囃したてる唱え言に合わせるかのようにわずかに体を揺すっている。

時頼公がこのような穏やかな表情を見せるのは何時（いつ）以来のことだったか。

主従二人は津軽の穏やかな黄昏（たそがれ）にすっかり魅了されて立ち尽くしていた。

日は暮れかかり、岩木山の山容は目の前に黒く迫る。

その山稜（さんりょう）の向こうに沈んだ落日（らくじつ）は空一面を紅（くれない）に染めている。

川面(かわも)を渡る涼風(すずかぜ)も心地よい。

艱難辛苦(かんなんしんく)の長旅の末、やっと目的地に辿り着いたという安堵と、明日には唐糸の前と対面できようという期待で、二人の気持ちにはいつになく浮き立つものがあった。

翌未明、二階堂は少しの胸騒ぎもあってか、いつもより早く目覚めた。

空は白み始めているが、夜明けまではまだだいぶ間がある。

隣室の殿の様子をうかがうと、飛び起きた様子で既に姿はない。

二階堂は何事かと、慌てて部屋を飛び出した。

殿は宿の主(あるじ)と何やらやり取りしている。

その狼狽(うろた)えた口ぶりから、予期せぬことの出来(しゅったい)を感じ取った。

二階堂は慌てて殿の近くに駆け寄った。

時頼には二階堂の動きなど眼中にない。

宿の主に向かって詰問(きつもん)するような口調で迫る。

「主(あるじ)、お前は自分の目でそれを見たというのか！」

「いえ、人伝(ひとづて)に聞いたことでございます」

「ならば、なぜそのように決めつけるのだ！」

「恐れながら、未明の騒ぎで村人が口々に……」

「ウム……。
して、その亡骸は上がったのか！
今どこに安置してあるのだ！」
「はい、鳥羽ヶ池の近くの寺のお堂に運ばれたとのことです」
時頼は現実を認めまいといきり立つ。
しかし、その気持ちも一つずつ自分の中で崩れていく。
到底認めがたい現実。
それを受け入れざるを得ないことへの戦き。
茫然自失で、発する言葉もない。
人は思いもよらぬこと、まさかのことに出くわすと脆い。
一瞬の間、全ての感情と表情を失ってしまうのだ。
感情を取り戻すまでの空白があって、その後、初めて痛哭の情に打ちのめされるのだ。
未明の騒ぎは唐糸御前が鳥羽ヶ池に身を投げて、自ら命を絶ったという騒ぎだった。

この時の時頼の心中は後に譲る。

ここでは、唐糸入水のことを記した後の時代の文書（もんじょ）によりその顛末（てんまつ）に触れたい。

「時頼公諸国を巡見（じゅんけん）し漸（ようや）く津軽藤崎に着き給ふ。茲（ここ）に唐糸（からいと）の前（まえ）、其の日鳥羽（とば）ヶ池（いけ）に垢付きたる衣裳を洗ふ。時に池の辺りを通る旅僧を見れば正（まさ）しく時頼公なり。御懐かしさ限りなしと雖（いえど）も流石（さすが）に成れの果ての我が身の浅ましさに笠を傾けて姿を隠しける。

最明寺公（時頼公）それを御覧じて不思議なるかな。物洗ふ女疑ふらくは唐糸に非ずやと思ひしが、予期せぬほどの姿なれば、己の見間違（みまちが）ひならんと思ひ直し、其の日まだ午刻（ひるどき）にもならざるに宿をとり給ひ、唐糸のことは日を改めて明日にでも確かめんと思ひ定めぬ。

他方、唐糸は今日池の畔（ほとり）にて尊顔を拝したるは吾が君なりけりと思ひやり、昔誓ひし言の葉も今は恥ぢて、其の夜ひそかに書置して曰（いわ）く、

『当時の夜半人なきに比翼連理（ひよくれんり）の私信より暫（しばし）も忘るる時なかりしに不慮に讒者（ざんしゃ）の為に流人の身となると雖（いへど）も再び真顔を拝すること、罪なくして配所（はいしょ）の月を見る喜びの中、憂ひ弥増々（いやますます）に辱（はじ）を抱く。是皆（これみな）前世の業因（ごういん）誰人（たれひと）か恨まん。嗚呼（ああ）、形、勢ひ何事か驚かん。朝（あした）には栄華を誇りしも夕には無常の嵐に随ふ。霽（はれ）に朗月（ろうげつ）を習（まな）びしも暁には別離の雲に隠る。一生は是風前の灯火、万事は皆春の夜の夢、唯願（ただねが）はくは君吾が菩提（ぼだい）を助け給へ』と書置して鳥羽ヶ池に身を捨てて果てぬ。

翌日村人件（くだん）の書置（かきおき）を見つけ是を以て国守に訴ふ。城主も共に驚きて始めて最明寺公此の

地に来訪の事を知り拝顔す。時に時頼公国守に命じて亡骸を尋ね求めて自ら葬式を営み、懇ろに御弔ひあり。法名を善知婦人と為せり」

運命の惨さここに極む。

序でながら、唐糸御前鎌倉を去ることについて、二つの噂があったことは既に触れた。即ち、「空舟による放逐説」と「警固同道による里下がり説」がそれだ。入水を記した前掲の文書にもそれぞれの件りが述べられている。話は前後するがここに書き記しておきたい。

空舟説の結末はこうだ。

「鎌倉近在の金澤浜より空舟に乗せられたる唐糸御前、波のまにまに海の彼方に消え去りぬ。潮の流れのまま、ある時は遙かなる沖を彷徨ひ、ある時は陸に打ち寄せらるることを繰り返へしつつ北の海へ運ばるるも哀れなり。終には奥州津軽の外ケ浜と言ふ所に辿り着きぬ。所の修験者何の某といふ者女にその訳を問ひてみるに、その形骸娼たる優艶の人にあらず。恐らくは天魔龍神の変化にして我を惑わさんとするものならんと、大刀を抜き怪しみて問ふ。

『汝何者ぞ、見るに是人間の類いに非ず』と、唐糸答えて曰く、『吾全く変化の者に非ず、元より人間にして栖みわびたる賤しき身なり』と。
時に修験者弥々疑ひて羅刹は人を喰はんために舟と変じて海を泳ぐと聞く。汝まさしく是の変化ならんとて将に殺害せむとす。唐糸の前、嘆じて曰く、『汝咎なき吾を害すること勿れ、人生元より無常なり。今初めて驚くべからずと雖も吾流されたる所以を語らん。吾は是鎌倉に住む男の妻なり。人の讒言に逢ひて此処に流され来たる。情けあらば刀を加ふること勿れ』と。

修験つくづく是を聞きて我が家にともなひ来たり寵愛して妻となす。哀なる哉。朝には霧を帯びて水を汲み夕には露と共に藻塩を垂る。何時しか花の姿も散り行き雪の肌も消え残るばかりなりけり」と。

また一方の、歩行による里下がりの状は次のように語られる。

「陸の道にて北へ向ひし唐糸こそ哀れなれ。先ず、鎌倉より奥大道を選びて遙かなる津軽藤崎を目指しぬ。警固の者一人を頼りに険阻なる野山を越え、大河を渡り続くること幾たび。心穏しきこと更にもあらず。道中にては胡乱の輩ら出で来て身の危うきこと限りなし。警固の武士身を挺して唐糸を衛り戦ふも多勢に無勢、最早これまでかと思ふことも数知れず。その都度難を逃れたるは、これひとえに幼時より我が身の守り仏として崇め奉る釈迦牟尼仏の御加護にやあらん。長途の末、這々の体にて矢立の峠を越えて古里の津軽に辿り着きぬ。

　着物は垢付き汚れ、所々はうち破れて髪はおどろに乱るばかり。朝夕の糊口を凌ぐことも難く、眉目容貌も衰へて殿の傍に侍りし頃の面影は更にもあらず。藤崎に着きて我が家を訪ぬるに父母身罷りて今はこの世の人に非ず。唐糸は泥付き汚れたる足袋を脱ぎ、式台に登らんと足を上げしまでは覚えしが、そのまま畳に俯して気を失ひたり。

　時経て正気を取り戻したるかと見えし唐糸も目は虚ろにして、その後数日を経るものの言ふ事なし。警固の清藤某の差し出す朝餉夕餉も僅かに口にするのみ。生来の気質を取り戻すは難かるべしと嘆かれぬ」

　鎌倉放逐という不条理、長旅の難儀、父母の死という現実は唐糸が堪えに堪えていた堪忍情を一気に断ち切ってしまったのだ。

　暫くの後、正気を取り戻した唐糸は、健気にも先祖、父母の菩提を弔って生きることを心に決めた。そして、身の回りを整えはじめた折も折、時頼公主従が眼前に現れたのは運命の非情ともいうべきか。

（二）時頼慟哭（ときよりどうこく）

運命とは斯（か）くも惨（むご）いものか。

時頼がこの地に着いたその日、偶然に、しかも一瞬とはいえ二人はここ藤崎の地で出逢っていたことになるのだ。

その時、二人は互いにまるで何かに惹（ひ）き寄せられるように相手の面影を感じた。

それにもかかわらず、劇的な対面を果たせぬまますれ違いに終わっていたということだ。

これまさに運命の悪戯か。

そのすれ違いの舞台は岩木山を遠望する津軽平野の真ん中、藤崎の鳥羽ヶ池だった。

時頼主従は道すがらその池で衣を洗う一人の女に唐糸の面影を感ずる。

しかし、確信を持てないばかりか、それを非現実的なものと見なして通り過ぎてしまう。

長旅の間ひたすら唐糸に寄せ続けた想いを、このような偶然の出逢いという他律的なものに委ねることを嫌ったというべきか。

時頼は無論その先にある運命の暗転など知ろうはずもない。

一方の唐糸は遠目にちらっと尊顔を拝しただけで、旅装の僧侶こそ紛れもなく時頼公だと確信する。

それゆえに彼女は特別な情念に支配され、劇的な対面とは真逆（まぎゃく）の方向へ自らを導いてしまう。

それが永久（とわ）の別れに繋がったのだ。

再会を阻んだのは彼女の語り尽くせぬほどの心情倫理（しんじょうりんり）による。

しかもそれは当事者である唐糸以外には達し得ないような、純粋で健気（けなげ）な心根から生まれたものだった。

唐糸の死は余りにも突然だった。

彼女が死を以て贖（あがな）おうとしたものは何だったのか。

世上（せじょう）では自らの落ちぶれた身の上を恥じてなどというが、それは余りにも単純で世俗的で稚拙（ちせつ）な判断だ。

唐糸自身の人生観や世界観はそれらとは全く別の次元にあって、その境地には誰も辿り着けそうもない。

時頼は未明の外の騒ぎで唐糸の死を突きつけられた。

あまりの不意打ちに、初めは絵空事（えそらごと）、他人事のようにも思った。

それが事実だと認めざるを得なくなって、時頼は動顛のあまり自らの思考を司ることができなくなった。

本来は理路整然としているはずの時頼の思慮分別は何処かへ吹き飛んで、反対に無数の感情の塊が激しく回転しはじめた。

憐憫、不憫、同情、惻隠、悔恨、狼狽、自責など、その何れとも決めがたいような感情がない交ぜになって心中を暴れ回る。

そのように混沌とした状態で、時頼が為し得ることはただ一つ。

弔いという儀式に己の全てを懸けることだけだ。

禅宗の教えに従ってひたすら丁重に完璧に執り行うことが唐糸の魂に報いることだとは思うものの、一方ではそれすらも慰めにすぎないのではないかという醒めた感覚が時頼を苛む。

唐糸の死を満身で受け止め、その上で自分を取り戻すのは余りにも遙かな先のことで、しかも至難のことのようにも思われる。

生前の唐糸のことが脈絡もなく浮かんでは消える。そのような自分が此の期に及んで借り物の言葉を探すこと自体が無理なのだ。

死という事実を目前にして人は為す術を知らず、ただそれを総身で受け止め、無心になって弔うことだ。

唐糸の鎌倉での苦渋や焦燥、道中における命からがらの難渋、死の決意に至る心中を察するに、時頼は何物かによって自らの肝をきつく幾重にも縛り上げられるような苦痛を覚える。

そしてまた、唐糸の死を悼むことは、自分が為し得なかったことの数々を悔やむことと同義のようにも思われてくる。

「そもそも、弔うということは、死者の思いを自らの内に取り込むことだ。

悲痛から逃れることも、悲痛をごまかすこともできない。

真っ正面から受け止めるだけだ。

それなしには、死者も己も本当の意味でその先へは進めないのだ」

と時頼は独(ひと)り言(ご)つ。

津軽の得宗領の総力を挙げて葬送の儀式を執り行うつもりだ。

併せて唐糸の菩提寺建立の心積もりもある。

それらは時頼自身の痛哭(つうこく)の情から出たせめてもの心遣いなのだ。

葬儀は死者を悼(いた)むためのものだけではない。

残された者が死者を弔うことによって、死者との魂の交換が末永く行われ、そのつど我が身を律する術(すべ)を知るに至るための儀式でもある。

唐糸の死を運命などといって諦めることは唐糸を冒涜(ぼうとく)するもので、それは互いの傷を舐め合うような慰めにすぎない。

それこそが本心から目を逸らす世俗的な営みだ。

わが国には死者の亡骸は時とともに浄化され、神格化されていくという死生観がある。それぞれの土地によって多少のしきたりの違いはあるものの、死後一定の年月を経た後は青木塔婆を建て葬送の祀りとして区切りをつけるのがそれだ。

愛する者の死は、相応の時を経て崇高なものに変わり、遺された者の心の中にしっかりと納まる。

それは死別という悶絶躄地の苦しみが時の流れとともに静かな悲歎へ、そして崇高な思索へと向かう道筋なのだ。

時頼もひたすらその道筋を辿ることになるのであろうか。

（三）糠部勢疾駆

時頼は津軽の得宗領挙げての法要を営むために御内人の筆頭として活躍する吉澤直博と御内人久保庄司を呼び、入念に唐糸の葬儀の段取りを組むように命じた。

吉澤は鼻和郡の領主の次男として建保元年（一二一三）生まれで四十歳になったばかりだ。六人兄弟でともに父吉澤直実の薫陶を受けて成長し、温厚篤実な性格ゆえ、領民からも慕われている人物だ。

その品格と力量を認められ、十八歳になった年には津軽の得宗領の被官に迎えられた。御内人として領内の秩序の維持に努め、同僚たちの信頼も大きかったので三十五歳で筆頭に推挙されるなど若くして重責を任されるようになっていた。久保も同じく鼻和郡の大久保の里で生まれた信義を重んじる若武者で、領内の諍いなどには理を尽くして事に当たるなど頼もしい人物だ。

その吉澤らの指示により、領内の官人はもちろん、田舎、鼻和、平賀からなる津軽三郡の僧侶は宗派の別なく藤崎に集められた。

予期せぬ葬儀のことゆえ周知の点でちょっとした不都合を生じることになった。日取りが逼迫していたこと、同じ北条家の得宗領だとはいえ、糠部郡が遠隔の地であったこともその理由だ。時頼主従、領主、吉澤ともに参集範囲を津軽三郡に限ってしまい、糠部郡には通知しないまま葬儀を挙行することになったのは手抜かりだった。

時頼公による側室唐糸御前の盛大な葬儀の噂は、藤崎から遥か遠方の糠部郡の各「戸」（それぞれの牧野をまとめる行政区域）の領主や地頭代らにも瞬時に伝わった。

彼らにしてみれば、主君北条時頼公の来臨を知りながら、馳せ参じないということは信義誠実の則に反すること、忠義にも悖ることになり、到底受け入れることはできないことだった。

それに、糠部は古来、「寒陰強く五穀熟らず、人生の終はりに至りて飢饉に逢はざるは無し」といわれるほどの飢饉常襲の土地柄だ。その窮状を励まし続けてくれる得宗の善政に報いたいという気持ちで一杯なのだ。

大事な唐糸の葬送を語らねばならぬところだが、話は少し横道に逸れる。

日本の北辺を領有する得宗領は津軽三郡とそれより大きい糠部郡から成るのだが、一方は農業を主とし、他方は馬産が主な生業であるなど、それぞれの方便にも違いがあることや、山脈でほぼ東西に大きく隔てられていることなどでそれぞれに独自の生き方があった。

寛元四年（一二四六）に時頼公が陸奥国糠部郡五戸の地頭代として左衛門尉平時盛（三浦時盛）を補任して以来、「九ヶ部四門の制」を定め、一戸から九戸まで戸のつく里を整備して一つの戸ごとに七ヶ村を所属させた。

また、糠部全体を東西南北に分けて門を置き、それぞれに御内人を配して郡内を固めたのが四門の制と言われる所以だ。

この糠部郡は馬産地として名をなし、とりわけ貢馬（朝廷に献納する馬）の産地として関東以西にも知られ、乗馬を常とする武士の登場を支える大きな役割を果たしていた。

加えて、三戸の名久井岳の山麓には法光寺という寺院があり、そこは時頼公と深い縁のある名刹として夙に知られるところだ。

そのような事情のもとで、一戸から九戸まで及び四門の地頭代や被官、僧侶らが挙って藤崎へ向かうことになった。

顔ぶれと道程は次のように決まった。

一戸、音喜多雄・悟父子・従弟関下琢磨／二戸、田高寛蔵・寛貴父子／三戸、大瀧清司／四戸、四戸農夫也・伸和兄弟／五戸、安土信、木村巧・環父子／六戸、向谷地又三郎／七戸、立崎庸夫／八戸、鈴木昌・千葉国美津主従／九戸、杉本健一・健太郎父子／東門、東山宏／西門、花田正司／南門、小柴一弘／北門、根城春生／法光寺別当、小寺隆韶・僧侶 坂下十三生・同 小笠原三郎・同 小滝拓平・同 中村直臣

地頭代や別当ら僧職を含めて総勢二十六名、それに、それぞれお供の武士や付き人がついて集合場所に定めた津軽の浪岡を目指して駿馬を駆った。

第一団は南廻りで、出羽の国をかすめながら藤崎を目指す。

一戸、二戸、三戸、九戸、東門、南門、法光寺別当の一団で、先頭は一戸の地方を司る音喜多雄と二戸の田高寛蔵、殿は南門の小柴一弘が務めた。

熊原川に沿って西へ向かい、大湯、大館、矢立峠、碇ケ関を経て浪岡へという山越えの道を択んだ。出羽の大館は田高寛蔵の奥方の里で、その地に明るいということもあって、そこからは田高が先導して、無事に難所の矢立峠越えを果たした。

第二団は北回りだ。四戸、五戸、六戸、七戸、八戸、北門、西門が一団となり、立崎氏の七戸の館で人馬ともに休息をとり、引き続き馬門を経て陸奥湾沿いに進み、善知鳥の浜

ではその地の被官奈良輝昭（ならてるあき）と齋藤実（さいとうみのる）らの案内を頼りに一気に内陸部の浪岡へ駆け入った。

先頭は六戸の向谷地又三郎、殿は七戸の立崎庸夫だ。

さすがに馬産地、糠部駿馬（ぬかのぶしゅんめ）の動きは俊敏で長丁場（ながちょうば）をものともしない。

最年少で加わったのは五戸の得宗被官、木村巧の嫡男環（ちゃくなんたまき）だ。十三歳になったばかりながら父の遠駆（とおがけ）への同行を何度も申し出た。既に馬捌（うまさばき）の鍛錬をしているとはいえ、未だ年嵩（としかさ）もいかぬ我が子に、母の育（いく）は心配の余り強く諫めたがきかない。やむなく父の意向で同行を許されたものだ。

さすがに屈強の乗り手に伍（ご）しての遠駆は環には厳しいものがあった。徐々に遅れるのだ。本人にしてみれば、馬を持て余しているつもりはない。むしろ意気盛んに鼓舞（こぶ）し続けるのだが、他との足並みが揃わない。

殿を預かっている立崎氏がそれに気づいて、一旦馬を止め、環に言葉をかけた。

「環殿は懸命なのに馬が走らないのはなぜか、分かるか。

騎乗の姿にはいささかの間違いもない。

駈歩（かけあし）に合わせて馬のうねるような動きに上手く乗っている。

問題は、手綱捌（たづなさばき）だ。

遅れまいとする余り、無意識に手綱を強く引きすぎるようだ。

馬は手綱を引くと駈歩から速歩（はやあし）に落とそうとする。

疾走させようと思ったら、手綱を強く引かずに、足で馬の腹部を圧すことだ」

と教えてくれた。

環は大事な要を教わって喜び勇んで再び隊列を追った。

糠部から集合場所の津軽田舎郡の浪岡までなら、普通は優に二日いっぱいはかかろうというところ、少しの足並みの不揃いはあったものの、一団、二団ともに二日目の朝には着いてしまった。そこで各々は衣裳を改め、身支度を調え、馬列を組みなおして粛然と藤崎へ入っていった。


話を葬儀の場に戻す。

時まさに唐糸の葬儀の直前。咳一つ聞こえない喪場に糠部の一団が深い弔意を示す面持で静かに姿を現した。

応対に出た二階堂は小声で遠路の労を労い、直ちに上座へ案内した。袈裟を纏った法光寺の別当と僧たちは僧侶の側に列座した。

愈々葬儀開始の刻限となった。

時頼公自らが導師を務める葬儀が荘厳な読経とともに始まるのだ。

その葬儀にかける時頼の気迫には凄まじいものがあった。

葬送の全てにおいて贅を尽くすとか華美を極めるということを一切排し、弔いという素心の完遂を期した。

僧衣の鈍色がこの場の全ての情調を象徴しているかのようだ。

目には見えないはずの心ながら、それが全ての所作になって姿を現す。

眼差し、息づかい、起居動作の一つひとつから時頼公の一念がひしひしと伝わる。

僧職にある者も参列の者も憑きものにでも取り憑かれたように、眼前に繰り広げられる超俗の世界に導かれていく。

そこには慟哭も号泣も嗚咽もない。あるのは静かに保たれた息づかいだけだ。

居並ぶ大勢の僧侶による読経。

それはたった一人の僧侶の読経であるかのように一糸の乱れもない。

経の文言はその表す言葉の意味を超えて迫り、一つの太い地鳴りのように参集者の五体に沁み込む。

灯明皿の灯芯も蝋燭の灯芯も、全てが息を止めてしまったかのように少しの揺らぎもない。

時も止まり、心も止まって、無の世界にじっと佇んでいるような葬送の世界だ。

時頼は三日間にわたった儀式を滞りなく済ませた。

無事に終えることが出来たというのが正確なところかもしれない。

眼がくぼみ頬がこけて精根尽き果てたような形相（ぎょうそう）ながら、気力を振り絞るように皆に向かって口を開いた。

「御参集下さった各宗派の僧侶の皆様と各官人（つかさびと）の方々に御礼を申します。

また、遠路馳せ参じて下さった糠部の皆々様方にも感謝します。

葬送の儀もお陰を以て無事に相済ますことができました。

ついては、向後（こうご）のことについて少し申し上げたい儀があります。

私と二階堂には未だ旅を続けるという務めがありますゆえ、

長く此の地に留まることが適（かな）わぬのは残念なことです。

願わくは、この藤崎の地、鳥羽ヶ池の畔（ほとり）にある霊台寺（れいだいじ）を改め、臨済宗護国寺（ごこくじ）として再興し、末永く唐糸御前の菩提を弔うつもりです。

また、我が師大覚禅師（だいかくぜんじ）蘭渓道隆（らんけいどうりゅう）様を住持（じゅうじ）としてお迎え致し、我が得宗領の田舎（いなか）、鼻和（はなわ）、平賀（ひらか）の各郡（かくこおり）を寺用の地に宛てる所存です」

時頼の周到な心積もりに一同は心からの賛意を表した。

護国寺再興に至る経緯はこうだ。

もともとここ藤崎には平等教院（びょうどうきょういん）という寺があったのだが、建長年間にこの田舎郡の領主北条重時（ほうじょうしげとき）の肝煎りで霊台寺（れいだいじ）と改めたものだ。唐糸の亡骸（なきがら）が最初に安置されたのもこの寺院だ。

此の度、再度これを臨済宗護国寺と改め、蘭渓道隆師を住持として迎えるにあたり、もとの霊台寺の住職冨田名重師と、弟の冨田博泰師を新たに護国寺の僧侶として任命することになった。

それ以来、冨田兄弟のもとには多くの修行僧が集まり、後にこの寺院は、この地方を治める北条家得宗の庇護のもとに、禅宗の関東御祈祷所に列せられる寺院として大伽藍を擁するまでになっていく。

さて、時頼公の挨拶が終わるやいなや、その時を待っていた糠部郡の領主たちは前に進み出て、心に抱いて来たことを慎んで言上に及んだ。

それは糠部全域の巡検と法光寺への参拝の願いだ。

津軽の巡検に引き続いて糠部にまで足を運んで欲しいというのが糠部の領主たちや地頭代、寺院の別当らのたっての願いなのだ。

中には、「我らの糠部駿馬にまたがってご来臨を」と願う者、また、「我らは主君の警固を仕りながら共に糠部への帰途につきたい」と申し出る者もいる。

時頼には、糠部の領主たちの気持ちが痛いほど分かる。北条家を慕って大挙馳せ参じてくれたことへの感謝で胸が一杯になっている。

しかし、今回に限ってはそこまで足を延ばす訳にはゆかない事情があった。

廻国に充(あ)てた日取りが大幅に超過していること。寺院の改宗等に関わる問題で更に数カ所の寺々を廻らねばならぬこと。冬の雪が来る前に鎌倉へ帰り着かねばならぬことなど、日程が押し詰まっている。

時頼は廻国の旅が今後も数次にわたることを告げ、次回の巡検(じゅんけん)を約して丁寧に頭を下げた。

葬儀を終えた翌朝、世話になった人々に礼を述べて二人は館の門を出た。

あろうことか、そこは二人を見送ろうという黒山の人だかりだ。

国守、地頭代をはじめ得宗領の御内人、僧侶らの他に大勢の村人らが威儀を正して畏(かしこ)まっている。

これほどの見送りなどはこの旅始まって以来のことで、時頼自らが公人(おおやけびと)であることを改めて思い知らされた。

いよいよ別れという段になって、並み居る中に一人の武士風(もののふふう)の男が目にとまった。どこか見覚えがあるが直ちには思い出せない。

二階堂もその男に気づいて、

「清藤ではないか！」

と小声で叫んだ。

「おう、唐糸を警固してこの地まで来た清藤とな」

時頼は自らの落ち度に気づいて少し狼狽えた。
唐糸の騒動ゆえに、本来は真っ先に労うべき人物の存在を失念していたのだ。
時頼は即座に清藤のもとに近寄り、
「清藤、難儀であった。
よくぞ大役を果たしてくれた。
礼を言うぞ」
と言い、一息間をおいて、
「して、あらためて一つ願いがある。
この地に残って護国寺の住持に仕えてはくれぬか。
併せて、願わくは末永く唐糸の菩提を弔ってはくれまいか」
と言葉を続けた。
清藤は感極まって応えた。
「仰せになられるまでもございませぬ。
唐糸様の墓所をお護り申し上げるのは私の務めと存じております。
しかも、ここは殿のご領地にございます。
御内人の一人として、この地に残ることに何の不足がございましょうか。
喜んでお仕え申し上げとうございます」

時頼は感謝と感激の色を浮かべ、ただ清藤の手を固く握るばかりで言葉にはならない。
あらためて皆に深々と頭(こうべ)を垂れて藤崎の里を後にした。

六　旅中追悼

（一）初七日山釈迦堂（実相寺釈迦堂）

　主従は鎌倉への帰途についた。

　藤崎で皆に別れを告げ、見慣れた岩木山に見送られるように津軽と出羽の国境の矢立峠を目指す。

　渾身の気力で執り行った唐糸の葬儀ではあったが、それでもなお悲しみが癒えることはない。帰途はこの辛い思いを背負って全ての道のりを歩き続ける覚悟だ。

　道は平坦で平川という川に沿う道を歩くのだが、時頼は体がだるく脚も重くて、これまでの健脚が嘘のようだ。

　思えば無理もないことだ。唐糸の突然の死と、それに続く一連の葬送に精根を使い果たした時頼であれば、せめて初七日辺りまでは藤崎の館で静養すべきだったのだ。

　旅を修行と位置づけてきた時頼ではあったが、この時ばかりはさすがに己の浅慮を悔いた。気力だけでは如何ともし難いのだ。

　歩みを緩めながら大鰐という出で湯の里の宮館という所にさしかかった。ここはまだ一日の行程には遥かに満たない場所だ。少し体を休めようと近くの寺の境内へ入ったところ、水干姿の者たちが畏まって迎え入れてくれた。

怪訝に思って訳を問うと、津軽田舎郡の被官成田茂克に仕える者たちで、主の指示で時頼主従の通過を心待ちにしていたという。

「主は館にてご一行をお迎えする差配を致しております。

もしや、殿がお疲れのご様子なら、館へご案内仕れとのこと。

館はこの先一町程の所にございます。

主も館の準備が整い次第、お迎えに立つ所存と承っております」

と神妙だ。

「おう、それは有り難い。

少し休ませてもらうとしよう」

主従は男たちの案内で館の門をくぐると、茂克が大慌てで飛び出してきて跪いた。

「吾等の勝手なる振る舞い平にご容赦を賜りますよう。

ご主君ご一行には此の路をお通りになられること必定かと思い定め、何かのお役に立つこともやあらんとこの場に控えおりましたる次第。

脛布をお脱ぎになられて少しご休息をなされてはと存じます。

実を申しますれば、私めも此度、唐糸様の葬儀の末席を汚したる者にございます。

吾等の主君時頼様の精魂の全てを尽くされた葬送の儀に接し、仏道の如何なるものかを目の当りに学び感動の極みにございました。

然るに、主君にはご休息、ご静養もあらばこそあれ、直ちに次へ向けてご出立とのこと、道中のお疲れの程如何ばかりかと案じ申し上げ、私めは藤崎より先に馬を走らせ、こうして我が館にてお待ち申し上げたる次第にございます」

と言上に及んだ。

「おう、そうであったか。

唐糸の葬儀を共にしたとは奇特なこと。

礼を言うぞ」

「有り難きお言葉、恐悦至極に存じまする。

不肖、恐れながら申し上げます。

主君には御身お疲れのことと拝察致します。

此の地にて少しご養生を賜るのが肝心かと存じます。

然る後、ご廻国を再開になられては如何かと……」

「うむ、やはりそのように見えるか。

実は、調子が整わず難儀をしていたところだ。

藤崎で皆にも話したとおり、廻国の段取りがだいぶ遅れておる。

願わくは少しでも早く出羽の国へ抜けるつもりだ。

ついては、今日のうちに矢立の峠を越えたいが、それは如何か」

「恐れながら、それは馬を走らせても叶わぬことかと存じます。

峠越えをお急ぎとあらば、この先の碇ヶ関の湯宿までが精一杯と存じます」

「では、それに従って行くとするか」

主従は次のことを考えてもう一踏ん張り先まで足を延ばすことにした。いざ、脛布をつけようとしたとき、

「これをおみ脚にお塗りください」

と茂克が蓬を磨り潰したものを器に入れて差し出した。

「これは、脚の疲れをとるというので昔から此の地に伝わる療法です。まじないのようなものですが、少しでも効き目があれば幸いにございます」

というので、二人は脛と脚にたっぷりと擦り込んだ。草色の脚は少し奇妙だが、何やら爽やかな気持ちになった。

「握り飯といい、薬草といい、面倒をかけた。礼を言うぞ」

と言って、二人は館を後にした。

津軽の盆地を抜けて道は徐々に上り坂になり、その日は碇ヶ関まで足を延ばすことができた。

次の日はいよいよ峠越えだ。

朝からきつい登りに入った。その坂道も時頼には予め課せられた修行のように思われ寡黙なまま一歩ずつ歩を進める。

主従どちらから言い出すともなく、頃合いをみては道端の石に腰を下ろして足腰を休め、岩間を滴りおちる沢水を手に掬って咽を潤した。

向かう矢立峠はまだ遥か先だ。

道は天を衝く巨木が太い枝を幾重にも伸ばして空を遮り、行く手を阻むかのように山道をくねらせる。まるで太古からそこを越えようとする旅人の健脚を試しているかのようだ。

森閑としているのは生き物の気配がないからではない。

峠には様々な鳥や獣の活発な動きがそこかしこにあるのだが、二人には唐糸追慕の念と疲労困憊とが重なって、知らぬまに外界を閉ざしてしまっているのだ。

陽光も遮られ、夏なのに冷気が漂っていることが二人を余計に沈鬱な気持ちにさせる。

唐糸御前が難儀を重ねて故郷の藤崎へ下った時、最後の難所として立ちはだかったのがここ、矢立峠だ。

その峠を今、主従二人は総身に無常ということを背負いながら逆の方向へ向かって越えて行こうとしているのだ。

足取りは重く口数も少ないまま、やっとのことで峠の頂を極めた。

「ここが国境です。

津軽と出羽の国境です！」

二階堂は気力を振り絞って、自らを鼓舞するかのように大声を発した。

主従共に、津軽で起こったことの数々が脳裡を駆け巡る。

鰺ヶ沢のお社のこと、岩木山麓の杣人の暮らし、唐糸の悲劇、精魂尽くしての葬送、菩提寺建立の段取り、清藤秀盛の気概、遠路大挙して駆けつけてくれた糠部郡の被官や僧侶らの篤い思い、主従にとって、津軽での短い夏はまさに悲喜交々。

「のう、二階堂よ。

人生、常に順風満帆などあり得ぬことよのう。

悲喜交々こそが人生じゃ。

それを感じ取れないような生き方はすまいぞ。

悲だろうが喜だろうが、人生いつだってそこから始まるのじゃ」

峠に立ったという感慨、旅も折り返しに入ったという感慨もあるのだろう。時頼はいつになく訥々と思いを語った。


いよいよ長い下り坂に入った。

その途中に鄙(ひな)びた山の湯宿を見つけた二人は救われた気持ちでそこを今夜の宿に決めた。

長丁場(ながちょうば)で疲れ果ててしまった二人はのろのろとした動きで手甲(てっこう)を外し、脛巾の紐を解いて、這うような足取りで湯に体を沈めた。

ほのかな硫黄の臭いが漂う白濁した湯はじんわりと体に浸みる。

ゆっくり手足を伸ばして目を閉じると、やはり藤崎でのこと、これまで廻ってきた各地のことなどが脳裡に浮かんでは消える。

廻国もいよいよ帰途についたのだという感慨に耽(ふけ)る。

大きめの湯壺(ゆつぼ)に屋根はかかってはいるが、外気も入ってくるので露天で風呂に浸かっているような気持ちにもなる。はるか下の方からは谷川の音も聞こえる。

二人は湯上がりの後の飯もそこそこ、筵(むしろ)の上に横になって鼾(いびき)をかき始めていた。

旅はまさに修行だ。命がけの修行だ。

夜が明ければまた歩き始めねばならぬ。

翌日は楽な下り坂の連続だ。

「船路なら得手(えて)に帆(ほ)、順風満帆(じゅんぷうまんぱん)、真艫(まとも)の風(かぜ)というところですかね」

と二階堂の軽口が聞こえた。

昼過ぎには大館(おおだて)の比内(ひない)という所へ着いた。

そこは盆地の北側を南へ向かって流れる下内川（しもないがわ）の流域にあり、古くは「火内（ひない）」とも呼ばれた蝦夷（えみし）の住む北辺の村であったという。

時頼は藤崎を発つとき、唐糸の遺髪を笈に納めて自ら背負った。

共に鎌倉へとの思いからだ。

いざ、この下内川を渡ろうとしたとき、折しも一陣の風が吹いて遺髪が川の水面（みなも）に吹き飛ばされてしまった。

あわやと思ったが、既に遅し。

ところが、あろうことか。遺髪はその場にとどまって漂うばかり。

「これは誠に奇態（きたい）なこと！

これこそは唐糸の御霊（みたま）のなせる業（わざ）か」

時頼は息をのんで見つめる。

「殿、今日は唐糸様の初七日（しょなのか）にあたります。

ここで追善の供養を施しましょうぞ」

「おう、そうであったな。

唐糸はこの日を教えてくれたものか」

不思議な現象を目の当りにした時頼は、この比内の地こそが初七日の法要を営むに相応（ふさわ）しい場所と定め、近くの実相寺（じっそうじ）という寺を借り、遺髪を飾って法要を営んだ。寺院の山号（さんごう）

を唐糸の初七日に因んで「初七日山釈迦堂」と名づけた。

それ以来その地は釈迦内と呼ばれるようになったという。

（二）二七日山光明寺（出羽土崎湊、源納坂）

釈迦内から西に向かって旅を続けること三日、二人は北海に面した土崎湊の源納坂という所に着き、久々に広大な海を目にした。

夏の終わりの北海は碧く、空と海との境目が判然としないほどの拡がりをみせる。

気持ちの塞ぎを抱えてここまで辿り着いた時頼には、その鬱々とした気持ちが大海に吸い込まれていくように思われた。

時頼の思いは北海の海運と唐糸の因縁にまで遡る。

「二代執権の義時殿の時代、津軽は既に我が得宗家の領地だった。

その代官に任じられていたのが唐糸に縁のある安藤氏ということだ。

その安藤一族はその頃から蝦夷地との交易に着手していたそうだ。

交易品を十三湊に集め、そこから北海に面した各湊へ運ぶ商いは、越後の直江津、越中の放生津、加賀の今湊、三国湊などまで広がっていたらしい。

近いところでは野代湊（能代）やこの土崎湊との取引もあったと聞いておる。

唐糸の二七日の今日、我々がこの地に居るのもそのような深い縁があってのことか」

ちょうど盂蘭盆にあたるというその日、村人たちはご先祖様を迎える準備に忙しそうだ。

どの家でも、盆の入りの夕方には迎え火を焚く。

戸口に出て短い柴や木などを井桁に組んだりして思い思いに火をつけるのだが、ご先祖様や関わりのある方々の御霊は、その火の灯りを頼りに縁のある家に帰ってくるのだという。

素朴でいかにも心和む風情だ。我が国古来の御霊祀りという行事と仏教のお盆の行事が結びついて人々の心に馴染んでいるのだ。

土崎の窪田の里にある光明寺という寺で唐糸の二七日の法要を営み、その寺の山号も二七日山と名づけた。

時頼は独り言つ。

「不思議なものだ。

もう十四日もたったというのに悲しみは癒えぬ。

いや、まだ十四日でしかないというべきか。

むしろ憐憫の情が強まっていくように思えてならぬ。

死別の悲痛は時が経てば少しずつ和らぐというのに。

どうもそうでもなさそうだ」

今の時頼を突き動かしている言葉がある。

「近頃、我が師蘭渓道隆様の教えが頻りに蘇るのだ。

『人生の中で、苦しみは無くなるのではなく、苦しくなくなるのだ』

という教えだ。

それは修行によって、精神がより崇高な次元に変わることをいうのだ。

人生をまともに送り、苦難をごまかさずに乗り越えてきた者にとって、苦痛そのものが
苦痛ではなくなっているというのだ。

ということは、今の自分にはまだまだ修行が足りぬということか」

と誰に言うともなく呟いた。

二階堂は時頼の気持ちを慮るように言った。

「殿も今宵は迎え火を焚いてみてはいかがですか。

すぐに支度します」

二階堂は自らも迎え火の情緒に惹かれているようだ。土地の風習はその土地の皆と一緒
に味わうのが一番だ。しかも、今日は年中の行事のうちでとても大切なお盆という日だ。

それを支えてきた人々へ思いを馳せてみたいと思った。

二階堂が気を利かせて、近くで火を焚いている老婆から薪と乾いた杉の葉を貰ってきた。

杉の葉はここでは杉っ葉と言って、すぐに燃え上がるので焚きつけるのに重宝だという。

さっそく組み上げた木の中に杉っ葉を入れて火をつけた。

パチパチと爆(は)ぜて燃え上がる音が小気味よい。周りが勢いよく赤々と照らし出された。

二人の気持ちも火の勢いに誘われるように華やぐ。

この迎え火の赤い炎を目印に唐糸がここへやってきてくれればいいが。まだ二七日(ふたなのか)の今宵、唐糸の魂もそんなに遠くまでは行っていないだろうに。

それらが叶わぬなら、せめて、己の今の居場所を唐糸に知らせたいものだという気持ちで迎え火を見つめながら佇(たたず)む。

そしてまた、迎え火は黄泉路(よみじ)へ旅立った縁(ゆかり)の人々のことを次々に蘇(よみがえ)らせる。

赤班瘡で亡くなった幼女のこと、病のために早世した父時氏殿、兄四代執権経時殿のこと、厳しくも慈愛に満ちて自らを育てあげてくれた母松下の禅尼のこと、新たに合議政治を打ち出して政の在り方、幕府の在り方を示してくれた三代執権泰時殿のことなど、とめどもなく脳裡を去来する。

遥かに遠い、名前も定かではないご先祖様たちから連綿と連なって今の己がある。その方々も迎え火を頼りに集まってくるのだ。

そして、迎え火はご先祖との繋がりを越えてこれまで関わりをもった多くの人々をも蘇らせる。

己と覇を競って亡くなっていった人々、反目し合って死んでいった人々のこと。寛元の政変で覇を競った名越光時殿、宝治の合戦で戦った三浦泰村、光村殿兄弟、千葉秀胤殿一族、宮騒動で失脚し、その後赤班瘡で亡くなった将軍藤原頼経公のことなどなど。

今思えば、互いに己の信義に基づいて闘った相手だ。生き様の違いからの怨讐もあった。ただ、そこには互いに自他に照らして卑しい思惑がなかったということが救いだ。それぞれが己の義に基づいて断ずるという潔さがあった。それ故に今こうして懐かしむことができるのだという思いが時頼の心を満たす。

願わくは、この後、あの世とやらで邂逅を果たしたとき、あらためて交誼を結ぶことができるかも知れぬとの思いに至った。

「あれこれ慮るに、むしろ今宵は静かな夜ではないのだ。たくさんの御霊が闇の中を行き交っておいでだ。そして、今を生きる者たちを見守ってくださるのだ。ご先祖様は時を超えた交歓を楽しんでおられるのかも知れぬ」

と時頼は天空を見つめながら呟いた。

暮れなずむ土崎湊のあちらこちらで迎え火が赤々と燃える。

(三) 三七日山西明寺

土崎湊から先は海沿いに南下して象潟(きさかた)の蚶満寺(かんまんじ)を目指すつもりだった。

ところが、田沢湖の近くの角館(かくのだて)で水争いが昂(こう)じ、領内が二つに割れて反目し合って困っているという噂が聞こえてきた。

「陸奥の辺りはまだ守護、地頭が配置されておらぬところが多い。

よって、このような諍(いさか)いは我が得宗領で片付けねばならぬことだ。

水争いとは人の損得が絡むことゆえ、毅然とした裁きが必要だ。

下手をすると、それが痼(しこ)りとなっていつまでも仲違(なかたが)いが続く。

諍いを知った以上無視して通り過ぎることもできまい。

これも廻国の眼目(がんもく)じゃ、少し横道に逸(そ)れるが、いざ！」

主従は再び駒ヶ岳とやらを目指して海辺を後にした。

山中に田沢湖(たざわこ)という深い湖があり、その西南に角館(かくのだて)という所がある。

その付近にさしかかった時がちょうど唐糸の三七日(みなのか)にあたるので、釈迦内や土崎の時と同じように法要をおこなった。

その堂宇には自分の法号最明寺の最の一字を西に変えて「三七日山西明寺(さいみょうじ)」と名づけた。

唐糸の葬儀を行った藤崎の護国寺も、これまでの道中で法要を続けてきた三つの堂宇の寺紋(じもん)もいずれも「三つ鱗(みうろこ)」で統一した。

これは自ら鎌倉に建立した建長寺の寺紋に因(ちな)むもので、古来より魔除けの力を持つ有り難い紋所(もんどころ)だ。

この三つ鱗に関わる伝説が後の太平記巻五「時政参籠榎嶋事(ときまささんろうえのしまのこと)」に次のように述べられている。

相模の江ノ島の弁天に初代執権北条時政が参籠して願を掛け、三七、二十一日目の満願の日に世にも稀なる美女が現れて、「時政の前世は六十六部の法華経を各国に奉納する廻国聖(かいこくひじり)だった。そういう善因によって子孫も七代の間は天下をとれる」という託宣(たくせん)をし、その美女が大蛇になって海に姿を消した後に鱗が三つ落ちていたので、それを北条氏の紋所にしたというものだ。

さて、ここ、角館での水争いは簡単に決着がついた。

「なぜこうも易々(やすやす)と争いが収まったと思うか」

時頼はにこやかに二階堂に話しかけた。

「双方の民の言い分はもっともで、互いに我田引水(がでんいんすい)を企(たくら)むものではなかったように思われましたが」

と二階堂が応じた。

「ならば、なぜ悶着(もんちゃく)が起こり、なぜ大騒動になったのじゃ」

「双方の不満を煽(あお)った者がいたということでしょうか」

「その通りだ。村の然るべき立場の者が、双方の民を唆(そそのか)していたのだ。

ここでも自らの権威をひけらかすために陰で不埒を演じた輩がいたのだ。

純朴な民は不届き者の虚言を鵜呑みにして、騒ぎに加わったという訳だ。

不埒を企む者は白日に晒されることを恐れて、常に陰で蠢くものだ。

いずれ馬脚を露すことに思い至らぬことが浅はかということだ。

今回の諍いは争議に価しない。

不届き者を罰すればよかっただけだ。

譬に、『浅瀬は喧しく波立ち、淵は静かに滔々と流る』というであろう。

浅瀬は思慮分別の浅い小人の騒ぎ、淵は堂々と構えた大人に譬えられる。

今回の騒ぎは双方の言い分を聞いて下知に及ぶまでもなかったのだ」

と事もなげに語った。

繰り返しになるが、時頼の政治の眼目の一つは訴訟の公平にある。

この地での諍いははるかにその次元には及ばないものであった。

二階堂は黙って聞いていたが、自分にも思うところがあると見えて、それを語り始めた。

「民の中には、腑に落ちない身の振り方をする者がいます。

人は誰でも自分なりの考えを持ち、それに従って生きようとします。

気持ちや考えは自らが育った環境の中で育まれ、形づくられたものです。

信仰、忠孝、血縁、地縁、師弟、長幼など、様々なものから学ぶのですが、無節操にも人の目や人の口を気にするあまり、それらを無視した動きに奔ることがあります。

多勢に与することを良しとし、己の本心を隠して平気を装います。

それは、取り巻く多数との不和を避ける知恵のつもりかも知れません。

しかし、それは正義でも道義でもなく、あるのは右顧左眄の醜さです。

そのような習癖につけ込むような輩が勝手な振る舞いに出るのはこの時です。

民の素朴な心情を慮ることをせず、それを逆手に取るのは悪辣なことです。

真に人々に尽くそうとする者は人々の弱みにつけ込むことはしません」

二階堂にしては珍しく厳しい言葉で言い切った。

旅の途中、そこかしこで目にした不埒に我慢がならなかったようだ。

それは、節を枉げてまでも事なかれに生きようとすることや、それを利用して自己顕示を企もうとする醜さへの怒りだったのだ。

時頼は、

「万事、然り！

方策は一つ。

禍々しい者を叱り、懲らしめ、
民に是々非々を唱える勇気を持たすこと」

と微笑んだ。

　その後、主従二人は室根山（むろねさん）、平泉（ひらいずみ）などを経て、松島の圓福寺（えんふくじ）（後、伊達政宗の菩提寺となる瑞巌寺（ずいがんじ））などで禅の教えを説き、下野（しもつけ）の佐野（さの）では老翁の茅屋（ぼうおく）に雨露（うろ）を凌（しの）ぐなど、鎌倉の最明寺に帰着したのは十月も半ばを過ぎていた。

七　往還回顧

（一）若武者揚々

無事鎌倉へ帰り着いた時頼は山ノ内の最明寺で静かに疲れを癒やしている。

生きて帰ることができたという気持ちの昂ぶりは徐々に平常に戻り、毎日の勤行の合間に訪れる客との会話も弾み、自然に旅先での出来事に花を咲かすまで落ち着きを取り戻していた。

ただ、時頼にとって、今も入水して果てた唐糸御前のことが心の底に痼りとなって残り、そのことが自らの中で昇華する時が来るとはとても思えないままだ。

今、こうして津軽往還を回顧するとき、口には出さないまでも、唐糸の無念を忘れることができないのは辛いことだ。

二階堂も時頼の居所最明寺を度々訪れる。

「旅の間はいつも次へ向かわねばということで気持ちが張り詰めておりました。

こうして無事に帰ってみますと、何やら緊張がほぐれたようで、少し物足りなささえ感じております」

「同感じゃ。

予も無聊(ぶりょう)を託(かこ)ちながら過ごしておる。

御仏(みほとけ)の前で経を唱えながらも、ともすれば旅での出来事が脳裡に浮かび、一方ではその
ような己を戒めているというような始末じゃ。

旅中に味わった喜怒哀楽も、今こうして振り返ってみると少し違ったもののように感ぜ
られることもある。

時と所が移ろうことで新たな気付き、新たな意味付けがなされるのであろう。

これは今の安らぎがあってはじめて感じることができるものらしい」

二階堂もここ数日、似たような感慨を抱いて過ごしていた。

「現地ではその日の暮らしに急(せ)かされる毎日でした。

それゆえ、突き詰めた分別などは後回しになっておりました。

しかも、旅中の生活は些事(さじ)に至るまで全て主従二人でこなさねばならず。

それを考えますとよくぞ凌(しの)ぎきったというのが実感にございます」

「うむ、その通りじゃ。

この度(たび)の北を廻る旅では実に多くのことを見聞(みきき)もし、体得もした。

そこでの気付(きづき)や分別は得がたいものであった。

予想だにせぬこととの遭遇は予にとって厳しい修行にもなった。

海、山、里それぞれの場で出会った人々は何れも必死に生きておった。

民の生き様には生きるための懸命な工夫があった。

食うために働き、生きるために祈るという生き方だ。

神仏への帰依（きえ）、自然への畏怖（いふ）などは真剣そのものだった。

それは人知を超えたものへの恭順（きょうじゅん）の姿だ。

自然からの恵みと、それへの感謝の気持ちで素朴な生活が回っていた。

そこには打算などの下卑（げび）た思惑が入り込む余地のない素朴な爽やかさがあった。

貧しさに追われる毎日だが、心の有り様（ありよう）は驚くほどに豊かなことに驚かされた。

だからこそ、物の面でもう少し満ち足りた生活を叶えてやるのが幕府や得宗にとっての喫緊（きっきん）の課題なのだ」


時頼の心に溜まっていたものが堰（せき）を切ったように口をついて出る。


「老子（ろうし）は『足るを知る者は富む』という心の有り様（ありよう）を説いた。

予はそれを民の生活の中に垣間見（かいまみ）たようにも思っている。

多くを望まず、身の丈（たけ）で良しとするのがそれだ。

ただ、それは彼らの心積もりの面に限ったことだ。

生きる方便（たずき）としてはまだまだ相当な我慢を強いられている。

飢餓への備えは無（む）にも等しいものだった。

この知足（ちそく）ということに関して、もう一つ気になったことがある。

民は知足、忍従、我慢をほぼ同義に捉えているのではないかということだ。

いつも言うように、己をひけらかすために世渡りの術を企（たくら）む輩はどこにでもいる。

それゆえに、それらとの間に軋轢（あつれき）を生じることを恐れるようだ。

残念なことに、言いたいことも我慢して多勢に与（くみ）することで悦（えつ）に入る者もいる。

その筋に長（た）けた者に忍従することで己の居場所を保とうとする。

それを以て知足などと思い為（な）しているとすれば、それは大間違いだ。

節を曲げてまでも相手に阿（おも）ねる生き方が罷（まか）り通るのは自堕落（じだらく）だ。

それは世上（せじょう）の緩みで、本来の崇高な次元の知足とは全く相容れないものだ。

知足には徳目（とくもく）が伴うということを弁（わきま）えることだ」

二階堂も時頼の述懐に満腔（まんくう）からの賛意を示して聞き惚（ほ）れている。

それにつられるように、自らの考えも語り始めた。

「私にも旅中で感じたことがありました。

人の生き方はたった一つの物差しだけでは測りきれないということです。

粗（そ）はあくまでも粗なのではなく、粗の中にも贅（ぜい）があります。

同じように、貧（ひん）の中にも富（ふ）があるということに気付きました。

貧しい民の生活の中に、みごとな心の豊かさを垣間見（かいまみ）ることがありました。

それこそが殿のおっしゃる知足に通ずるものだと思います」

「うむ、その通りじゃ。

人は誰しも自分に無いものを欲するものだ。

それは更なる向上を目指すという点で、決して間違いではない。

問題は、その欲しがるものの質がどうかということだ。

そして、それを求める方法がどうなのかということだ。

贅沢や名声を求めようとするのは人間の性なのだろう。

だが、それは生き様としては質の高いものとは言えぬ。

当然ながらそのようなものを求める方法も品性に欠けることになる。

道義に悖る手段は世間の真っ当な人々から顰蹙を買うものだ。

それゆえ、人は誰でもそのような恥ずべき意向を覆い隠そうとする。

己の中に飼い太らせた我執は心の中に溜まった垢のようなものだ。

それが良心を蝕んで己を見失い、終いには生き方を枉げることになるのだ」

時頼は旅先で見聞きした不埒な連中の手練手管を忘れてはいない。

旅では予期せぬたくさんの出来事があった。それらを一つずつ凌ぎながら旅を続けて無事に終えることができた。それを為し遂げた安堵と満足が体験した数々の出来事に新たな意味づけをする余裕をもたらしている。

時頼は旅の終わりごろに下野国(しもつけのくに)で一晩の宿を貸してくれた一人の老人のことが忘れられない。

「下野の佐野(さの)で一夜の世話になった佐野の某(なにがし)という老人がおったのう。

その老爺(ろうや)は鎌倉の御家人であることだけを頼みとして生きていた人だった。

胡乱(うろん)なる者どもに拐(かどわ)かされ、領地も財産も横領されたとか。

食うや食わずの生活を強いられておったのは誠に気の毒なことであった。

飼っている馬の痩せようも尋常ではないほどの貧乏暮らしだった。

それでも、素性(すじょう)も知らぬ我らを温かく迎え入れてくれたではないか。

あの老人の生き方をどう思うか」

「ひたすら信念に従って生きている方とお見受け致しました。

己の信念を枉(ま)げてまでも世の趨勢(すうせい)に与(くみ)せずという気迫には感銘を受けました」

「いかにも。

あの老爺(ろうや)を頑迷固陋(がんめいころう)などと蔑(さげす)むなどもっての外ということだ。

儂はあの老人の生き方に人間としての規矩(きく)を見たように思っておる。

人は弱い者ゆえ、節(せつ)を枉げて生きることなど日常茶飯のことだ。

問題は、自らが頼みとする節操をどの範囲で守り抜くかということだ」

二階堂は時頼の識見にすっかり心酔している。そして、自らの信念も時頼に似てきたことを自覚して密かな喜びとしている。

「人間は正義や道徳だけを掲げて生きることは至難のことです。相手の立場や世間の状況を忖度する必要がある場合もあります。つまり、一時的にでも節を枉げざるを得ない場面もあるということです。問題は、それがより高い次元に至るための方便になり得るかどうかです。それが叶うなら、ある程度の曲折は許されて然るべきだと思います。ところが、あの老爺はそのような方便を用いる余力すら既に失ってました。それが不憫で堪えられませぬ」

「うむ、尤もなことじゃ。万事、理屈に照らして事を断ずるほど世の中は甘くはない。大所高所からの俯瞰もいいが、反対に枝葉末節に目を向けることも肝心だ。肝要なのは、仮に本道から逸れても、元へ戻る気概を忘れてはならぬということだ。さても、件の佐野殿というご老人はその後どうしておられることやら。『いざ鎌倉！』に備えて生き長らえておられるとは思うが、目下のところ鎌倉にも世上にも不穏な動きはないので御家人の召集は考えられぬ。ならば、こちらから出向いて我らの素性を明かし、お礼を述べたいものじゃ。

大儀ではあろうが、お主、その役目を引き受けてはくれぬか」

時頼は心に痞えていた思いを吐き出すように言った。

信念を枉げずに一徹に生きる者への共感、これこそが生来時頼を支えてきた厳しい信念でもあり、心根の優しさでもあるのだ。

「願ってもないこと。喜んで。直ぐにでも」

「有り難い。あのような一徹な老人は世の鑑、武士の鑑じゃ。

韓非子には『老馬の智』といって、老いた馬は路を忘れぬとの喩えがある。

十分に経験を積んだ者は物事の判断や、方針を間違えることはないという諺だ。

幕府の若い武者どもにも生き方を学ばせたいもの。

侍所の別当、福田博之進殿にこのことを相談してみる積もりじゃ。

福田殿の意向を聞いたうえで、直ぐにも事を進めたい。

人選は執事（長官）の若江幾三郎に申しつけることにする。

若江なら間違いなく有能の人材を選りすぐるはずだ。

その目に適う者なら間違いはなかろう」

時頼は佐野源左衛門尉常世の生き様に心酔している。

離合集散を繰り返す武家社会にあっては稀に見る剛直な老翁だ。

忠義を尽くすことが主君のためだけではなく、自らを律する規矩準縄となっていることを讃え、これから幕府の政を担うはずの若武者たちにその生き様を知らしめたいのだ。

一両日の後、若江が作成した名簿が福田殿を通じて時頼のもとへ届いた。

若者六人の氏名と年齢を連ねてある。

いずれも幕府の御家人の子息だというが、人品賤しからずとあるのみで、出自などは全て省かれている。

「おう、決まったか。

六人とな。

下野まで出向いて見聞を広げるがよい。

人を見る目を養うのは己を作る要諦じゃ」

名簿には次の氏名があった。

長谷川淳穂　二十二歳
工藤祐介　二十歳
工藤良彦　十七歳
工藤祐太　十五歳
小柴嵩之　十九歳
小柴康年　十五歳

時頼は六人の氏名を書き連ねた書状に目をやりながらご満悦のようだ。

「して、工藤の三人、小柴の二人は各々兄弟か」

「はい、それぞれ一族の者のようにございます。

長谷川淳穂は年嵩のこともあり、また性根、侍気質ともに確かなる者ゆえこの者どもの頭として連れて参ります。

いずれも屈強にして分別に聡い者どもとのことにございます。

今回は殿の思し召しゆえ、全員が乗馬にて出立と相成りました。

ご配慮の程忝く存じまする」

「おう、化粧坂も馬で越えるとな。

若武者どもよ！」

時頼は何時になく上機嫌で饒舌だ。

二階堂は人選が整い、時頼の意向が直ちに実現することに喜びを隠せない様子だ。

三日の後の払暁、一行は鎌倉山ノ内の最明寺に集まった。

二階堂を含む総勢七名は意気盛んだ。

若武者たちの身内の者どもも集まって烏帽子、直垂、武者袴の晴れ姿を見守る。

全ての支度が整ったのを見計らい、二階堂は時頼公を始め侍所の別当福田殿、執事の若江殿など見送りの方々に向かって丁重に御礼の辞を述べた。

六人の若侍は幕府の重鎮を前に緊張の色は隠せなかったが、二階堂の合図で待ちかねたように馬に跳び乗った。

長谷川淳穂の合図のもと、一斉に馬腹を蹴り、蹄の音を響かせて化粧坂へ向けて勇躍駒を進めた。

見送る時頼には大いに感慨深いものがあった。

自らの出立の時のことを思い起こしていた。

「あの時には大きな覚悟があった。

極端に言えば死をも厭わぬ旅立ちであった。

今回は若者が修学に向かうという晴れやかさがある……」

時頼は駒の足音が遠ざかるまで優しい眼差で見送った。


一行は武蔵国小机郷（今の横浜市港北区）を越え、多摩川へ向かって北進を続ける。

幕府の若江殿からはそれぞれの部署を管轄する御家人や被官らに内々のお達しがあった。

詳細は、各街道沿いの不穏な動きの有無を確かめること、兵糧の調達提供、宿の手配、飼葉や馬具の調達交換、幕府への動向の伝達など、陰ながら一行を警固し、格別の意を用いるよう命ぜられていた。特に、渡河については事前の検分が課せられていた。

武蔵国の警固は地頭の篠崎起克と篠崎の甥で地頭代の池田裕一郎を以てその任に充てた。二人は、先の執権直々のご意向による行軍との命を受け、先々への伝令は密にして漏らすことなく、街道沿いには内々の指揮所を設けて不測の事態が起こらぬよう万全の態勢を敷いた。自らも街道の検分など率先垂範で事にあたった。

武蔵国の次に池田の任を引き継ぐことになっていたのは下総の御内人皆上秀樹だ。皆上家は代々北条得宗家の信任も篤く、得宗の善政を範として領民の保護に努めている被官の家柄だ。

惣領の秀樹もこの件については、予め若江殿からの下知を拝していたので、腹心の被官長濱幸三久一にその任を命じ、一行の通過を確かめる態勢を敷いた。

長濱は侍所の執事からの直々のお達しであるばかりか、信奉する主の皆上の命を体して気持ちの漲りを禁じ得ない。

二階堂率いる若武者の一行は順調に旅を続ける。

次の難所は利根川越えだ。

上流で大雨でも続いたものか、水嵩も川幅一杯に溢れんばかり。黄濁した水が川岸を洗うように流れているさまは多摩川の比ではない。

取り敢えず、一行は土手の上から渡河の可否を確かめた。

ここは馬では渡れそうにもない。然るべき場所を探し求めようと、踵（きびす）を返してふと足元の岸辺に目を落とすと、二、三人の男が古びた小舟から岸へ上がったばかりと見え、川向こうを呆然と眺めている。

一人が手を合わせたかと思うと、他の者もそれに続いて手を合わせた。

川へ向かって手を合わすとは並々ならぬこと。仲間でも流され、その行方が分からぬまま捜し方を諦めたとでもいうのか。

それを見た一行は、直ちに土手の上から川岸へ馬を走らせ、加勢をしようと意気込んだ。

「川に向かって手を合わすとは尋常ならざること。
何か訳があってのことと見受けた。
できることなら手を貸そう。
遠慮なく申すが良い」

と長谷川淳穂が馬上より叫んだ。

その者どもはおどおどするばかりで答えにならない。足中（あしなか）を履いた足はわなわな震えているようにも見える。中には慌てて足中さえも失ってしまったのか素足の者もいる。

馬上豊かな侍たちに囲まれた男どもは観念したように語り始めた。

「実は、今朝、水嵩（みずかさ）の増した利根川の見回りのとき、川岸の葦の茂みに一体のホトケ様（遺体）が流れ着いているのを見つけました。

恐らくは上流より流されたもののようです。

この流域では水死の骸を見つけた時は、その村で葬るという決まりがあります。

ところが、今の我らには弔を出す余裕などありません。

昨年の二度の大水で田畑は流され、今年は食うや食わずです。

悪いこととは知りながら、向こう岸までホトケを運びました。

川向かいの村人に弔って貰おうと企んだのです。

やはり悪事はすぐにばれてしまうもののようです」

お咎めを覚悟してか、男たちは消え入るように俯いたまま、訥々と白状した。

「うむ、左様であったか。

して、そのホトケには切り傷、刺し傷などはなかったか」

という長谷川の問いかけに、

「はい、それは有りませんでした。

川上のどこぞの下人のようで、粗末な木綿の単衣を纏ってました。

水にはまって溺れ死んだ後にここまで流されたものか。

この辺りでは見たことのない顔のホトケ様でした」

二階堂は黙って話を聞いている。若武者たちと村人の話に敢えて割って入ろうとはしない。

工藤家の惣領、祐介が村人に向かって口を開いた。

「事の顛末を聞くに、その方らの所行は不届きではあるが、直ちに罪を断ずるまでもないようだ。

一つ聞くが、先程手を合わせたのはホトケの冥福を祈ってのことか」

「はい、その通りにございます」

「それだけか」

「はい。心を込めてホトケ様の冥福を祈りました」

他の男どもも、ともどもに頷(うなず)いている。

「それでは聞こう。

貧しいがために、誰とも知らぬ死人(しびと)の葬式などは出してやれないという。

それはその方どもの勝手な都合ではないのか。

その方どもは死人(しびと)を厄介払いしたことになるが、それで間違いはないな。

己の都合だけを考えて、相手の冥福を祈ってもホトケは成仏(じょうぶつ)できまい。

祈りとは自らを省みることから始まるとは思わぬか」

祐介は男どもの小賢(こざか)しい所行に少し腹を立てながらも、その気持ちを抑えながら問い質(ただ)した。

「いかにもその通り。

食うや食わずのお前たちへ、惻隠の情を持ちあわせていない訳ではない。

しかし、死人への思いやりに欠けるのは許し難いことだ」

と頭の長谷川も言葉を挟んだ。

と、その時、遙か上流の土手を騎馬の一団がこちらへ向かって駆けてくる。

到着するやいなや、先頭の男が馬から飛び降り、恐懼の体で名乗った。

「其れがしは下総国の被官、長濱幸三久一と申す者にございます。

此度の御長駆に際し、我らの主君の皆上様よりくれぐれも目立たぬよう心してお役に立てと言い付かっておりましたが、皆々様方の消息が掴めず、しかも、かような川の荒れようにございますれば、家来ともども手分けしてお探し申し上げておりました次第にございます」

と来意を告げた。

このように面前に罷り出ることなどは厳に慎むようにという指示に違背したことを大層気にかけているようにも見える。

続けて、

「このように水嵩が増しておりますれば、此処からの渡河は危のうございます。

この川上に然るべき場所を選び、手筈を整えてございますれば、今すぐにもそちらまでお運び願いとう存じます」

とのこと。

二階堂は申し出に礼を述べながら、

「相分かった。

だが、今暫く待たれよ。

これよりこの地で読経をせねばならぬ儀が出来したところだ。

余り時間は取らせぬ。

この場で少しお待ち下さらぬか」

と言って、先程の男どもを葦の茂みに誘って丁重に読経を始めた。

長谷川たち若武者も下馬のうえ頭を垂れてその供養に加わった。

略儀ではあったが一通り供養を終えた二階堂は不届きを犯した男どもに向かって静かに語りかけた。

「人の死に方は様々だ。

戦場での死、病による死、飢饉災害による死、不慮の死などだ。

何れにしろ人生の中ではたった一度きりのことだ。

人生の儀礼の中で唯一無二は生まれることと死ぬことだ。

だからこそ心を込めた儀式が必要なのだ。

肝に銘ずるがよい」

二階堂の厳しい眼光に村の男どもは消え入るようだ。

その間、長濱の一行は静かに脇に控えていた。

読経を終えた二階堂は、待たせたことを長濱に詫びながら、事の顛末をかいつまんで説明した。

併せて、長濱にはこの男どもについての穏便な処置を託（たく）して共に川上へ急いだ。

後日談になるが、長濱から上司皆上への具申（ぐしん）により、件（くだん）の男どもはお叱りのうえ、ホトケを元の場所に移して埋葬することでその他のお咎（とが）めはなしと決まったとのことだ。

（二）六人対話

長濱幸三久一の丁寧な計らいにより無事に増水した利根川を渡り切り、一行は古河の宿（しゅく）に入った。

鎌倉を出て三日になるが、駒を駆っての旅でもあり、殿のご意向で派遣されたことを誇りとしていることもあって、若武者達は意気軒昂（いきけんこう）だ。

年嵩の長谷川淳穂や工藤祐介は、かつて武者の嗜（たしな）みの訓練として犬追物（いぬおうもの）の武技（ぶぎ）に向けて研鑽（けんさん）を積んだ時以来の馬捌（うまさば）きに気持ちの高ぶりを禁じ得ない。

その日の夕刻、二階堂は皆を板敷きの広間に集めた。

利根川での今日の一件に関し、その是非についてそれぞれの考えをまとめさせておくのも研鑽の一つだと思ったのだ。

「さて、今日の利根川での出来事についてだが、長谷川淳穂や工藤祐介は村人相手に時宜を得た話をしてくれた。

ところが、我らは次の行動に急かれて、各自の考えを述べる暇がなかったのは残念なことであった。

あのように判断に迷うような事はめったにないことゆえ、己の考えをまとめるにはまたとない機会だ。

村人のしでかした所行をどのように考え、どのように処置すべきか、其の方ら各々の思うところを忌憚なく述べてみよ」

言われた若武者どもにも思うところがあったと見えて、それぞれ自らの考えをまとめにかかるような真剣な顔つきに変わった。

ここでも工藤祐介が口火を切った。

「たとえ死人でも、あのように貶める所行は許されぬことです。

あのホトケは恐らく非業の死を遂げたものと思われます。

それを捨て去るとは足蹴にするも同じ、二重に不憫なことです」

弟の良彦もほぼ同じ考えだ。

「兄上の言い様、もっともです。あれではどんなに冥福を祈っても、死人を捨て去ったも同然です。無念の横死を遂げた者を葬るという決まりにも背いているので、厳しい仕置きもやむを得ないものと思います」

小柴康年も続ける。

「人の道に悖る行為で、この件を不問に付すことは世のためにもなりません。それが前例になることを恐れます。馬や牛でさえ道端で斃れた場合は馬頭観音や牛頭観音として祀ります。ましてや人間です。死者への非礼は許されないことです」

何れも若者らしく、正義感に満ちた意見を堂々と話すのは頼もしい。そこで二階堂は敢えて少し意地悪なことを口にしてみた。

「いかにもそのとおりじゃ。しかし、牛馬の場合は長い間共に暮らしたもの。犬、猫でも同じで、身内としての感情から祀ったのではないのか。今回のホトケは見ず知らずで、身元が分からぬという違いはあるが……」

康年はすかさず、
「いや、それは違います。
ホトケは牛馬でも犬猫でもありませぬ」
と、意に介さない。
黙って聞いていた工藤一族の末子、祐太も口を開いた。
「各々方のご意見はもっともだと思います。
軽重はともかく、村人の罪は残ります。
それは、村人の行動に分別が足りなかったことによります。
弔いを出すことは費だと考えてしまったことが安直でした。
死者の弔い方には様々な方法があるはずです。
どんなに貧しくとも、読経と質素な埋葬をしてやるのが人としての務めです。
そうすれば良心の呵責や罪に問われる不安に苛まれることはなかったはずです。
無念のまま死んだホトケを見捨てるのはあまりにも惨いことです。
すぐもとの形に復して、埋葬だけでもさせるべきです」
小柴嵩之の意見はこうだ。
「うむ、自分も今の意見に同感です。
村人が如何に困窮していたとはいえ、まずやらねばならぬのは弔です。

姑息なな手段でそこから逃れるのは許されることではありません。

弔が出来ぬなら、直ちに土地の役人などに訴え出て、助力を願うべきです。

それが撥ね付けられるのであれば、役人にも問題があります。

今回の件は訴訟とは異なりますが、幕府の方針にも違背することになります」

と手厳しい。

最後に若者頭の長谷川淳穂が徐に話し始めた。

「自分も含め、皆の意見は村人の行いそのものは容認できないということで一致しております。

儂も、この件は何のお咎めもなしでは済まされぬことだと思います。

しからば、どのような処置が相応しいかということです。

やったことは不届きではあるが、男どもの置かれた状況を察すれば、少なくとも救いようのないほどの悪辣な魂胆があったとも思えません。

なぜなら、あの者たちの言い分からは言い逃れなどの嘘偽りを感じ取れなかったからです。

今の自分には、あの村人たちへの惻隠の情というものも湧きつつあります。

この際、厳重に叱りつけ、取り決めに従って死者を葬るという義務を負わせることで如何かと思います」

とのこと。

流石に最年長者らしく、人情の機微に触れた発言だ。全員の意見が出揃ったところで二階堂は再び話に加わった。

「各々方の意見は何れも道理に適ったものだ。

考えの筋道に少しの乱れもなく、しかも各々の詮議立てに留まっていない。

為すべき処置にまで言い及んだのは立派で頼もしいことじゃ。

ただ、ものの見方、判断の仕方という点でもう一つ分別が必要なのだ」

この二階堂の言葉に、若者たちは何か落ち度でもあったのかと言わんばかりに、一斉に次の言葉を待った。


「今回の件では、我らの誰一人としてホトケや村人に対して縁もゆかりもなかった。

ゆえに当事者、関係者ではあり得ず、全くの第三者という立場だ。

何にも束縛されずに己の正義に基づいて事を断ずることが出来たのはそのためじゃ。

ところが、仮にホトケもしくは村人との間に幾許かのしがらみがあった場合はどうなるかだ。

その時、果たして今のような毅然とした判断が出来るかどうか。

人は誰でも家族、親族、一族郎党などと深い関わりを持って生きていく。

そこには個人を越えた家訓や集団の分別、伝統、倣わしなども存在する。

それは個人の判断を縛り上げるという点で強い力を持つものだ。

その中で果たしてどこまで自分の考えに忠実に振る舞えるかということだ。

儂が言いたいのは、自らの信念を枉げるなと言っているのではない。

これから頻りに経験することになるであろう、自分を取り巻く有縁の衆の中で、自分の考えだけに固執したり、反対に主張することなく無言を決め込んだりするなと言うことだ。

集団の意向を無視したり、勢いに唯々諾々と従うだけが能ではないということを強調したいのだ。

自他の間には意見や見解の齟齬があるのは当たり前のこと。

それを踏まえた上で落ち着いて堂々と意見を開陳せよということだ。

長谷川のいう惻隠の情も決して忘れてはならぬ心積もりだ」

若者たちは、思いも寄らぬ観点を指摘され、長者の知恵というものをあらためて学び取ることになった。

二階堂は続ける。

「最後にもう一つ付け加えたいことがある。

儂は先程の話を黙って聞いていたが、六人ともに直接触れていなかったことがあることに気付いた。

皆の矛先は全て問題の村人の行いだけに向けられていたということだ。
それゆえに、ホトケの気持ち、その遺族の気持ちへの忖度を忘れたようだ。
この際、忘れてはならぬのはホトケを慰める気持ちだったと思うが如何か。
それを考えれば、各々の判断も少しは違ったものになったかも知れぬ。
人は事に当たって最も大事な判断をし終えると、安心してその他のことにはなかなか気が回らないものだ。まさに画竜点睛を欠くの喩えの通りじゃ。
併せて、些細な意見や、力のない意見にも心を向けることを忘れてはならぬということだ」

一同は眼力の凄さを見せつけられた様子で頷き合った。

出来事にはさまざまな捉え方があるということを知った。さまざまな切り口と云っても良いのかもしれない。

一人ではなかなか思い至らぬような次元のことへ話が展開した。それは若武者たちの判断力を育むという点で大きな糧になったはずだ。

外は日暮れまでまだ間があり、宿の裏を流れる清流に覆い被さるように紅葉が始まっている。

工藤祐太と小柴康年は皆の馬の世話を買って出ることにした。

七頭の馬を近くの大きな池に連れ出し、一頭ずつ粗布(あらぬの)で丁寧に体を洗ってやった。馬も気持ちよさそうに水を飲んだので手綱を引きながら宿へ帰った。

近くの川のせせらぎの音に混じって子供らの歓声が響く。

その声は、少し上流からで、その辺りに網代(あじろ)が設(しつら)えられているようだ。川の瀬に網を引くようにたくさんの木や竹を打ち並べ、端の方にある竹で編んだ簀(す)に魚を追い込んで獲る仕組みだ。祐太と康年は珍しい漁を見物しようと、袴の裾をからげ、素足のまま簗場(やなば)へ走った。

子供らが簀(す)の上で跳びはねる鮎を手づかみにしようと大はしゃぎだ。

祐太と康年も子供らと一緒に跳ね回る生きの良い鮎を手づかみで集めた。

そのたくさんの鮎を柳の枝いっぱいに刺して吊したものを貰ったので、両手にぶら下げて宿へ帰った。その日の夕飯には鮎の塩焼きが振る舞われた。

時節柄、落ち鮎なので魚体は少しサビついていたが、獲れたての鮎に粗塩(あらじお)をぶっかけた焼き鮎の芳ばしい香り、塩加減ともに格別で、皆は大喜びで串を持ったままかぶりついた。

淳穂、祐介、嵩之たちは糟糠(そうこう)をくずして何本も平らげ、二階堂と共に茶碗酒を飲みながら上機嫌だ。

殿の廻国から生まれた考えが、図(はか)らずも若い官人(つかさびと)たちに引き継がれていることを目の当りにして、二階堂には感慨無量なものがあった。

飯が終わった後、祐太と康年は再び連れだって馬の見回りに暗闇に静まり返った戸外へ出た。

繋いであるどの馬も安らいでいるようだ。顔を撫でながら長旅の労をねぎらい、皆より遅れて眠りについた。

(三) 佐野源左衛門尉常世(さののげんざえもんのじょうとこよ)

一行はいよいよ目的地、下野(しもつけ)の佐野(さの)の里に入った。

村人は突然の騎馬武者の出現に驚いて道を空けた。

二階堂は見覚えのある家の門前で馬から下り、落ち着いた声で、

「佐野殿、佐野殿ッ。

過日一夜の宿をお世話になった坊主の二階堂でござる。

此度(こたび)は鎌倉の北条家よりお伝え申したき儀があって参上仕(つかまつ)りました」

と来意を告げた。

少し間があって、かすれた声で、

「あいや、今暫く待たれよ」

と返事があった。

同行の武者どもは皆馬から下りて神妙な面持ちだ。

ところがなかなか姿を見せない。

どうしたものかと思っていたところへ、

「待たせて相済まぬことじゃ。

この通りの老体ゆえ、起居(ききょ)に難儀なのが無念じゃ。

して、何ぞ危急のことでもござったか」

とゆっくりと覚束ない足取りで大戸(おおど)の前に姿を現した。

見ると侍烏帽子(さむらいえぼし)に水干(すいかん)を身に纏い、袴は裾を括(くく)った水干袴(すいかんばかま)を穿(は)いている。手には扇を持って威儀を正し、その容姿はいかにも古武士然とした風貌だ。ただ、大急ぎで着替えたものらしく着付けには少しの乱れがある。

「おや、騎馬の武者ばらまでこの茅屋(ぼうおく)をお訪ねとは面目(めんぼく)もござらぬ。

さても、その僧衣のお方はいつぞやの坊様の二階堂様とやらではござらぬか」

「いかにも、二階堂にございます。

先程戸外にて名乗り申し上げた二階堂行忠(にかいどうゆきただ)にございます。

過日、殿のお供をして参りました折に、一夜の宿をお世話頂いた者にございます。

再びお目にかかれましたことを慶(よろこ)び、佐野様の御息災を言祝(ことほ)ぎ奉(たてまつ)ります」

「おう、おう、左様であったか。

その節は粗末を致して相済まなかった」

源左衛門はかつて一夜の宿を世話した人物が、主君北条時頼公主従だったということはまだ分かっていない。

旅を続ける二人の僧侶だったとばかり思っている。

「して、殿とは、どなた様のことじゃ」

「はい、鎌倉幕府第五代執権北条時頼様にございます」

「なに、鎌倉とな。

あの相模国の鎌倉のことでござるか。

執権時頼様とは北条時氏公のご子息の時頼公のことでござるか。

して、そのようなお方が何故にこの茅屋を訪ねられたのじゃ」

源左衛門は二階堂の言葉を真に受けることがなかなか出来ず、相手の発した言葉を反復するのがやっとの体だ。

二階堂は事の顛末を語る必要に迫られ、かいつまんで話し出した。

「実は、時頼様がご出家になり、一門の北条長時様に執権の座をお譲りになられて間もなくのこと、私一人だけをお供に、得宗領の地を廻る旅に向かわれました。

鎌倉から越後へ向かい、そこより船にて遥かに北の津軽を目指し、帰途は陸奥国の各地を訪いながらひたすら陸路を歩き詰めに歩いて佐野の荘まで辿り着いたというところでした。

そこで、日も暮れて宿もなく途方に暮れておりましたところ、運良く佐野殿のお屋敷にご厄介になることができたという次第にございます」

「うむ、確かに旅の僧二人を泊めた覚えはござる。

それが時頼様だったとは。

あゝ　あまりにも畏れ多いことよ。

この茅屋へお運びとは、神様か仏様の悪戯としか思われませぬ。

して、その折、儂は何ぞ不作法など致さなかったものかどうか。

お二方の身の上を存ぜぬとはいえ、今になって震えが止まりませぬ」

源左衛門は信じがたいことを必死に信じようとして狼狽えるばかり。

大きな息づかいを繰り返しながら、

「ところで、今日の武者ばらのご来訪はまた何故でござるか」

と話題は次の気掛かりに移った。

「その事にございます。

時頼様は無事廻国の旅を終えられ、鎌倉にお戻りになって以来、佐野様のことを折りにふれてお話しになります。

佐野様の気概に満ちた生き方に心打たれたようで、鎌倉幕府の御家人の鑑だとお褒めでいらっしゃいます。

それが今般、我らを佐野様の元へ遣(つか)わした理由にございます。

若い武者どもに佐野様の生き方を学ばせよとの仰せで連れて参った次第です。

近頃の武士は信義に悖(もと)る離合集散に奔(はし)る者が目につきます。

若武者には正義、信義、忠義の何たるかを直に学ばせ、節操のある人物に育てたいとの殿の御意向にございます。

併(あわ)せてもう一つの訳(わけ)がございます。

先に、ここで伺ったことですが、狡猾(こうかつ)な輩(やから)によって失った佐野様の身代(しんだい)や領地のことについてです。

今般、あらためて佐野源左衛門尉常世(さののげんざえもんのじょうとこよ)殿に佐野の荘を安堵(あんど)する旨、六代執権北条長時公より書状を預かって参りました。

一通は佐野殿へ、もう一通はこの地を預かる国司へ宛てたものです。

そればかりか、かつて佐野様にお仕えしていた武者どもを元の形に復し、家来としてお仕えするよう命じておりますゆえ、末永く佐野の荘で安泰にお過ごしあれとのことにございます」

少し長い言上(ごんじょう)であったが、源左衛門にはあまりにも忝(かたじけな)い文言(もんごん)の数々。

源左衛門はあらためて威儀を正し、平伏(へいふく)して拝聴し終えた。

僅かに面をあげ、

「さても、さても、夢にも思わぬような有り難き思し召し。どう御礼を申し上げてよいものやら、言葉もござらぬ。長生きこそすれ、かような恩賞に与るとは夢にも思いませなんだ。さても、長生きはするものでござりまする。顧みますれば、生きて屈辱を晴らすのはもはや叶わぬことと諦め、せめて、いざ鎌倉というときには老躯を省みず馳せ参じ、それにて生涯を全うしようとの覚悟を決めておりました次第。かような老人に身に余る果報を賜るとは」

独り言のようにつぶやき、あとは感極まって言葉にならない。

涙が幾筋も痩せた頬を伝うばかり。

源左衛門の途切れ途切れの息づかいが感動の深さを伝える。

その場に居並ぶ武者ばらも感動で胸の閊える面持ちで聴き入っている。

二階堂はあらためて源左衛門に語りかけた。

「佐野殿、この武者どもの将来を見込んで一言激励の辞を賜りとうございます」

「うむ、急なことで、この耄碌した頭で名言名句など語るような分際でもござらぬが……」

と言いながら、体を起こした源左衛門は訥々と語り始めた。

「思えば、儂は鈍物として生きてきたようです。

望んでそうした訳ではござらぬが、気がついたらそうであったということです。

若いときは傑物たらんと心に誓い、学問に志したこともあります。

しかし、それは儂の肌には馴染むものではありませんでした。

その代わり、自分の身近にあるたくさんの宝物の存在に気付きました。

善意や誠意などがそれです。

それは誰にも分かる平易な事柄です。

ところが、これこそが言うに易く行うには難しという難物でもあります。

儂はこれを生涯にわたって貫くことで己を律しようと心に決めました。

万事これに照らして、ならぬ事はならぬということを弁える生き方です。

そうすることで人生は大きくしくじることはないということに気付きました。

若者に失敗はつきものですが、その失敗が次の生き方への門出となります。

成功からよりも、失敗から学ぶことの方が甚だ多いのもその所以です。

失敗を恐れず、失敗を悔いず、失敗を恥じず堂々と次へ向かうことです。

その道筋こそが全ての人間にとって最も意義深いあり方なのだと思います。

この老いぼれもいまだにその段階で右往左往しております。

有り難い事にそれゆえに心は十分に満たされております。

この儂は決して崇高な学問や教えを軽んじているのではありません。

自分自身やその回りに宝物に値する本物が潜んでいることに気付いただけです。

各々方（おのおのがた）も是非ともそれに気付いて励んで欲しいものです」


六人の侍たちは威儀を正して聴き入っていた。

源左衛門の語りかけが終わるやいなや、さっと両の拳（こぶし）を床につき、一斉に「おーッ」と感服（かんぷく）の声を発した。

少し間を置いて、長谷川が遠慮がちに口を開いた。

「今、佐野様は善意や誠意に励めと説（と）かれました。

ということはその反対、即ち悪意や不誠実を厳しく戒めたことかと存じます。

それでは、そのような不埒（ふらち）はどのような魂胆（こんたん）より発するものなのか。

そこをご教示願いとうございます」

「それは容易なことです。

人が卑劣な行いに奔（はし）るのは、ひとえに僻（ひが）み心（ごころ）からです。

残念ながら、それは自ら励むことをせぬ者に宿る心なのです。

それを飼い太らせぬことが真っ当な生き方への唯一の要（かなめ）なのです。
問題は相手にではなく、己の中に巣くう卑劣な虫を退治することなのです」

一同はその明快な言葉に敬服の念頻（しき）りだ。

源左衛門の言葉は珠玉（しゅぎょく）の輝きをもって若武者一人一人の心に刻まれた。

源左衛門にしてみれば、突然の申し出ゆえに、なかなか順序立てたもの言いにはならなかったのかも知れない。

しかし、それがまた老翁の心からの叫びのようにも聞こえ、あらためて生き方の凄さということを学ぶことになった。

八　大道坦然(たいどうたんぜん)

(一)　遺偈朗唱(いげろうしょう)

鎌倉の谷戸も夏の盛りが過ぎようとしているのか、ようやく蜩(ひぐらし)がカナカナカナと鳴き始めた。

弘長(こうちょう)三年(一二六三)の酷暑に苦しんだ夏もようやく峠を越したらしい。

最明寺で勤行三昧(ごんぎょうざんまい)の時頼には相変わらず津軽往還(おうかん)のことが次々と思い出される。

北を廻った旅での出来事のそれぞれが、今なお、自分の人生を飾った一場面のように前後の脈絡もなく蘇(よみがえ)る。

一つひとつの出来事が持つ意味、己にもたらした意義が時頼の脳裡の中で次第に昇華していく。

それは時の流れのゆえなのか、その後の修行がもたらした新たな境地のゆえなのか。

唐糸御前の死に直面して以来の悲しみは今も心の中で揺蕩(たゆた)う。

あの藤崎で、もしそこに居るのは己一人だけだったならば、天を仰ぎ、地に伏し転(まろ)び、慟哭(どうこく)の限りを尽くさずにはいられなかったほどの悲劇。

唐糸への深い憐憫の情と自責の念は今も決して忘れることはない。

しかし、禅の修行が深まるにつれて、それは時頼の心中に深く静かに納まっていることに気づく。

決して苦悩を忘れたのではない。

苦悩が消えたわけでもない。

強いて言えば、苦悩が文字通りの苦悩ではなくなりつつあるのだ。

それは時頼の魂の昇華なのか、思慮の深化なのか。

あれほどの苦悩が今は己の中に鎮まったまま静かに息づいているだけだ。

時頼の日々の修行は緩むことを知らず、より高邁な境地へと突き進む。


季節は移り今は秋の終わり、全山を見事に染めた紅葉も色褪せた。

次の春には西へ向かい、懐かしい京の都を越えて、肥前の国辺りまで足を延ばしてみたいと静かに思いを巡らしている。

ところが、十一月に入って、時頼は体に変調を来していることを自覚するようになった。

それは、かつてどこかで感じた体の変調に似ている。

意識を辿っていくと、それは庄内の飛島から出羽の野代へ向かう途中、船で味わった船酔いに似た症状に思い至った。

体の中から突き上げてくるような不快感がある。

長く続く訳ではないが、その変調が一定の時を置いて繰り返し襲ってくるようになり、終には御しがたくなった。

若い雲水たちの食事と同じように、朝夕は粥を啜るのだが、初めの二口、三口は胃の腑に浸みる滋養のようにも思われるが、それ以上は受け付けない。

時頼が己の四大不調を悟ったのは十一月の八日だ。

禅の教えに従い、夜の冷えを気遣って、温めた石を布にくるんで腹に当てるなど、手当てを講ずるが芳しくはない。

時頼は建長寺の雲水たちが凛々しい姿で托鉢へ向かうのを最明寺に居ながら見送ることを日課としている。その眼差しはいつも穏やかだ。

気持ちとしては、自分も雲水たちに同道しているのかも知れない。

同九日には病気回復のため、等身大の千手観音菩薩像が供養された。

また、さまざまな病気平癒の祈祷も繰り返し行われた。

同二十二日、夕刻、薬師の声で宿直の者たちが足早に時頼の寝所に駆けつけた。

床に臥す時頼は覚めたり眠ったりを繰り返す。

息は浅い。

二階堂は毎日欠かさずにやって来て、殿の様子を窺いながら話しかけることもある。

この日は少し穏やかな顔色とみて、枕元に顔を寄せ、

「殿、二階堂にございます」

と話しかけてみた。

「おう、来たか。夢か現か。儂は津軽へ行っていたようじゃ」

「それは宜しゅうございました。私めも頻繁に津軽の夢を見ます」

「うむ、二階堂、次の支度をしてくれ。

今度は肥前の、それ、何と言う寺だったか、そこへ参ろう」

と言って、再び静かに口を閉じる。夢は西国を目指しているのだ。

この夢現を繰り返すうち、時頼は己の死期を悟ったのか、僅かに正気づいたその時、突如、最期の一念を振り絞って告げた。


「儂に袈裟を着け、禅堂へ運べ」

戌刻、時頼は最明寺北邸で息を引き取った。

三十七歳の生涯だった。

臨終の様子は、後の、鎌倉時代の史書吾妻鏡に次のように記録された。

「時頼、袈裟を着て椅子にのぼり、座禅を組み、少しも動揺する気配も見せず、

業鏡高懸　　業鏡高く懸ぐ
三十七年　　三十七年
一槌打砕　　一槌に打砕して
大道坦然　　大道坦然たり

という遺偈を唱えて入寂を遂げた」

時頼は禅僧として坦然とした境地で生涯を閉じた。
そこには狼狽えも悲嘆もない。
あるのは大きな確実な時の流れだけであった。

墓所は鎌倉山ノ内の明月院にある。

「業鏡」は生前の行いを映し出す鏡、「坦然」は広々としている様子。
「遺偈」は禅僧が末期に臨んで門弟や後世のために残す偈（詩形で表した仏教の真理）

あとがき

時頼の入寂を知った民、御家人、被官たちは大きな衝撃を受けた。

その死を悼んで多くの者が自ら出家しようとしたので、幕府はそれを諌めたという。

時頼は乱世にあって、あるべき生き様を自らの姿勢として貫こうと励んだ。

世人はその己を律した潔さに惹かれ喝采を送ったのだ。

不正、卑劣に対峙するとき、時頼は仁王にも似た憤怒の形相で立ち向かい、誠実、純朴には釈迦如来の慈愛に満ちた温顔でそれに応えた。

その意味で、時頼は悟りの境地に達した高僧でありながら、一人の完成された人間そのものであった。

それ故に鎌倉という混沌とした時代を牽引する一徹なリーダーたり得たのだ。

混乱の世に生を受け、政の要を担った時頼は憤怒と忠恕の双方を併せ持ちながら生きた。

最期にはその全てから脱し、坦然としてこの世を去った。

人の生き様を問うことはどの時代にあっても永遠のテーマだ。

時代が変わり世の中が変わると、是非や真価の輪郭が暈けることもあるだろう。

しかし、倫理に照らして考えるとき、是と非が置き換わることはない。

自らの役儀を全て消し去った時頼が残したもの、それは生き様としての規矩準縄であった。

【主な参考文献】

『日本中世史1』五味文彦　岩波新書
『鎌倉文化の思想と芸術』田中英道　勉誠出版
『中世の神仏と古道』戸田芳美　吉川弘文館
『海の武士団』黒嶋敏　選書メチエ
『鎌倉の時代』福田豊彦・関幸彦編　山川出版社
『北条時頼』高橋慎一郎　吉川弘文館
『吾妻鏡14 得宗時頼』五味文彦・本郷和人・西田友広編　吉川弘文館
『吾妻鏡 別巻』五味文彦・本郷和人・西田友広・遠藤珠紀・杉山巌編　吉川弘文館
『日本海交易と都市』中世都市研究会編　山川出版社
『シリーズ日本中世2 鎌倉幕府と朝廷』近藤誠一　岩波新書
『大学の日本史2 中世』五味文彦編　山川出版社
『鎌倉幕府滅亡と北条氏一族』秋山哲雄　吉川弘文館
『有職故実大辞典』鈴木敬三編　吉川弘文館
『図説戦国時代』小和田哲男　原書房
『網野善彦対談集4 鎌倉・室町期の日本』山本孝司編　岩波書店

主な参考文献

『市川日記 天保三辰ヨリ七ヶ年凶作日記』向谷地又三郎編著
『青森県史 資料編 考古4 中世・近世』青森県史編さん委員会　青森県
『鰺ヶ沢町史 第一巻』鰺ヶ沢町史編さん委員会　鰺ヶ沢町
『建長寺 そのすべて』大本山建長寺 監修 高井正俊　かまくら春秋社
『建長寺機関誌 和光』鎌倉国宝館　三浦勝男
『北条時頼とその時代』鎌倉国宝館
『写真で見る時頼伝説の地を訪ねて』鈴木佐
『教養の日本史』竹内誠・佐藤和彦・君島和彦・木村重光編　東京大学出版会
『文字で詠む日本の歴史・中世社会篇』五味文彦　山川出版社
『日本の歴史 京・鎌倉ふたつの王権 六』本郷恵子　小学館
『環境の日本史3』井原今朝男　吉川弘文館
『建長寺』大本山建長寺
『禅文化』大本山建長寺
『鎌倉幕府と東北』七海雅人編　吉川弘文館
『東国武士団と鎌倉幕府』高橋一樹　吉川弘文館

宮藤　等（くどう　ひとし）

青森県出身
公立高校教員、神社宮司等を歴任。
目下フリー。
著書：『安宅（あたか） 正得丸（しょうとくまる）の水主（かこ）たち』文藝春秋

北条時頼公 北へ ―津軽往還の記―

2019年11月6日　第1刷発行

著　者　宮藤　等
発行人　大杉　剛
発行所　株式会社 風詠社
〒553-0001　大阪市福島区海老江5-2-2
大拓ビル5-7階
Tel 06（6136）8657　http://fueisha.com/
発売元　株式会社 星雲社
〒112-0005　東京都文京区水道1-3-30
Tel 03（3868）3275
装幀　2DAY
印刷・製本　シナノ印刷株式会社

ISBN978-4-434-26682-9 C0093